AF143390

# L'Île au Nord du Monde

*Illustration de couverture : Arnold Böcklin (1827-1901), l'Île des Morts (1883), obtenue avec l'autorisation d'Alamy Limited, U.K. Publié sur le site alamyimages.fr.*
*Le tableau fait partie d'une série de cinq peintures réalisées entre 1880 et 1886.*

Micheline Cumant

# L'Île au Nord du Monde

2020 Micheline Cumant
Édition : BoD – Books on Demand
12/14 rond-point des Champs-Élysées, 75008 Paris
Imprimé par Books on Demand GmbH, Norderstedt,
Allemagne
Dépôt légal : Mars 2020
ISBN : 9782322208517

# PREMIÈRE PARTIE

8

# CHAPITRE 1.

## I.

La maison bourgeoise qui abritait l'hôtel des Vagues était, de l'avis de tous, sinon la plus belle du village de Plouarguen, du moins la plus vaste. Édifiée à l'orée du dix-neuvième siècle par un patron de pêche qui s'était enrichi, elle avait connu diverses fortunes avant d'être acquise voilà bien dix ans par les actuels propriétaires qui en avaient fait une hostellerie certes rustique, mais accueillante.

Cette construction de granit un peu trop massive à laquelle il manquait l'élan que seul peut imprimer à son dessin un architecte de talent dominait tout le bourg, bâti en gradins le long de la falaise abrupte. Des ruelles empierrées, étroites et sombres, parfois réduites en escaliers moussus, descendaient du faîte de l'escarpement rocheux jusqu'aux berges de l'aber où se trouvait, enserré entre l'église aux hautes flèches gothiques et quelques maisons grises et basses disposées en U, le minuscule port ceint de quais à l'aspect glaiseux.

Autrefois relativement peuplé malgré son isolement, le village avait vu sa population décroître sans raison apparente lors de l'immédiate après-guerre. Bistrots, principaux commerçants, pêcheries avaient fui faute de pratiques, et l'église était devenue trop vaste. Seul l'hôtel des Vagues, à la saison, ramenait un semblant d'activité.

En ce début du mois de mars 1956, celui-ci venait de rouvrir ses portes après la trêve hivernale et appareillait pour une nouvelle année. Peu de gens séjournaient dans ce lieu reculé avant mai ou juin, hormis quelques rares voyageurs que le hasard amenait là. Cependant, le bar connaissait parfois une certaine animation. Les fenêtres de cet endroit chaleureux, décoré à la façon d'un pub, dominaient le port, et par-delà les bateaux en fin de journée, pressées les unes contre les autres, ouvraient sur les eaux de l'aber qui laissaient deviner la puissance de l'océan tout proche.

Le crépuscule s'amorçait, une brise légère irisait la mer, un petit chalutier quittait le port.

— Tiens ! fit un consommateur, v'là l'Andrea qui part…

— Eh ! Tu sais-t-y pour combien de jours ? demanda une voix.

— Une dizaine, probable… L'père Kerouer et son gars, y n'aiment point trop rester sans leurs dames !

Des rires se firent entendre. Bien vite, la conversation redevint générale, roulant pour l'essentiel sur un événement hors du commun qui s'était produit durant l'après-midi : le port de Plouarguen comptait un nouveau bâtiment.

Il avait été amené par un homme d'une quarantaine d'années visiblement très au fait de la navigation qui l'avait habilement rangé dans la darse, avant de l'amarrer un peu à l'écart des autres embarcations, puis était aussitôt reparti dans un taxi qui l'attendait. Ceux qui avaient voulu en savoir plus auprès du responsable du port en furent pour leurs frais : les papiers étaient en règle, un point c'était tout.

— Mais qui l'utilisera ? avait demandé une voix.

— Ouais ! Ce serait dommage de laisser un tel voilier à l'abandon !

— Peut-être des estivants à venir…

— Des touristes ? En c'te saison ?

Dès lors, toutes les conversations tournaient autour de ce mystérieux bateau, non sans qu'une certaine fierté n'habitât ces hommes de mer de savoir que « leur » port abritait une embarcation aussi racée.

— Presque un d'ces trucs pour la coupe de l'America ! déclara un jeune qui feignait de s'y connaître en marine à voile. Et ceux qui étaient en mer lors de l'arrivée du cotre interrogeaient maintenant les témoins autour d'un verre.

— Était-il bien manœuvré ?

— Y s'nomme le *Narval,* non ?

— D'où qu'il peut venir ?

— À quoi ressemblait l'gars qui l'amena ?

Et tous se répondaient en conjectures.

Non loin du brouhaha de la salle de plus en plus enfumée, Hervé Lepenner, le propriétaire de l'établissement, regardait en compagnie de sa femme, avec une curiosité qu'il ne cherchait pas à feindre, les fiches remplies par les voyageurs arrivés le soir même.

— Tu ne trouves pas cela curieux, fit Madame Lepenner, tous ces gens qui viennent prendre pension, à cette époque ?

— N'exagère pas, voyons… Ils ne sont que trois…

— Quand même !

— Écoute, déclara son mari en maniant le registre, cette Madame Ripeyroux est écrivain, il me paraît normal qu'elle recherche la tranquillité. Quant à ces d'Heudicourt, ils ont tout à fait l'air de jeunes mariés. Ils doivent faire un voyage d'amoureux.

— Ici !

— Ils veulent sans doute avoir la paix. Vraiment, est-ce qu'on doit s'en plaindre ?

— Et ceux qui arrivent demain : l'unique appartement de l'hôtel pour une demoiselle de Kermeur, une chambre avec bain pour un certain Monsieur Coureau… et on ne sait même pas combien de temps ils resteront !

Comme en cette saison, cela n'avait aucune importance et que ses futurs clients avaient déjà versé des arrhes, l'hôtelier esquissa un geste las qui coupa court aux interrogations de sa moitié.

Annie, une petite bonne d'une vingtaine d'années, fit irruption dans le hall et courut vers ses patrons, puis expliqua que la dame du douze — Madame Ripeyroux — qu'elle avait entrevue par la porte demeurée entrouverte, semblait ne pas bien se porter.

— J'y vais, fit l'aubergiste d'un air résigné.

Suivi de la bonne, il monta à l'étage puis se dirigea vers la chambre qu'occupait la cliente, une jolie pièce au mobilier patiné qui ouvrait sur une maigre campagne livrée aux vents.

Une femme proche de la cinquantaine qui jadis avait dû être très belle, mais aux traits à présent altérés par un curieux mélange de sécheresse et d'embonpoint, était allongée sur le lit comme évanouie, la respiration précipitée, les mains crispées sur la poitrine spasmodiquement soulevée par des râles informes qui paraissaient irradier toute la chambre.

Monsieur Lepenner se pencha vers la malade et retint une grimace de dégoût. Les yeux interrogatifs d'Annie se posèrent sur lui.

— Cette femme est un véritable alambic, voilà tout… Expliqua-t-il en sortant de la pièce. Laissez-la cuver, et gardez cela pour vous. Elle se portera mieux à l'heure du souper.

## II.

Etienne Coureau prenait le frais sur la terrasse de l'hôtel des Vagues. Son regard embrassait les étendues ombreuses de l'eau qui s'assombrissaient, les falaises grises, les langues de terre sans couleur réellement définie qui étaient méticuleusement arasées par les souffles levés avec l'approche du crépuscule. Les conversations des hommes causant entre eux avec de gros éclats de voix, les déchirements continus de la mer se brisant sur la terre, les sarcasmes des bourrasques se mêlaient en une symphonie qui, tour à tour, paraissait s'émietter pour ensuite mieux se rassembler et tournoyer autour de lui.

Arrivé en début d'après-midi, il avait longuement erré dans ce coin d'Armor, comme un prêtre nouvellement nommé dans une paroisse inconnue qui ressentirait l'absolue nécessité de s'imprégner de l'atmosphère des lieux.

Or, le village, l'océan, les landes, tout lui avait semblé sinon vraiment hostile, du moins rempli d'une réserve malveillante.

D'un geste rageur, il secoua les épaules, comme pour se débarrasser de ces pensées qu'il jugeait subjectives, crédules ou naïves. Il était là pour faire son métier, pas pour se laisser influencer par des sensations personnelles !

Il se crispa subitement, devinant un regard qui se posait sur sa nuque. Très lentement, il tourna son visage vers l'auberge. Derrière une fenêtre du second étage, un rideau fut baissé prestement. Il éprouva un sentiment désagréable et retint un frémissement.

Il rentra dans le vestibule. Un bon feu brûlait dans la cheminée de granit et il se laissa choir dans un fauteuil proche, s'offrant à la chaleur. De temps en temps, les nuées rabattaient d'odoriférantes bouffées de fumée.

Une grave interrogation se posa à lui : s'habillait-on pour le dîner à l'hôtel des Vagues ? Il décida de remonter dans sa chambre pour y mettre au moins une cravate et de descendre souper tout de suite : il voulait pouvoir observer tous ceux qui se présenteraient dans la salle à manger.

Installé tout au fond du restaurant, une ancienne salle à manger bourgeoise, de vastes proportions, et dont on n'avait dû que peu modifier le décor d'origine, tentures sobres, cheminée imposante, marines aux murs, Étienne Coureau attendait sans impatience que s'ouvre l'une des portes à deux battants qui communiquaient avec le salon attenant au vestibule.

Avant de se rendre à sa table, il avait profité de l'absence de personnel dans le hall pour jeter un coup d'œil sur le livre des voyageurs. Il lui restait maintenant à mettre des visages sur les noms que sa mémoire venait d'enregistrer.

Un couple fit son entrée et s'installa. Elle, encore très jeune, presque une enfant, paraissait désorientée par le cadre de l'auberge, comme si le décor cossu l'indisposait, alors que tout dans son maintien, ses gestes, les modulations de sa voix, trahissait une origine sinon aristocratique, du moins de bonne famille. Même son physique donnait cette impression : aspect fragile, gracile, plus fait de distinction que de réelle joliesse, visage mêlant la noblesse et le dédain, regard candide, d'un bleu pur, qui devait cependant facilement se buter. Peut-être s'ennuyait-elle déjà avec son compagnon... Il nota qu'aussitôt assise, ses yeux s'étaient faits complaisants pour la nuit offerte à travers les baies, que sa bouche avait dessiné une sorte de pli d'abandon las et consenti, que ses longs doigts avaient agacé le porte-couteau. Des petits riens, sans doute, mais de ces insignifiances révélatrices de l'âme dont l'homme qui lui faisait face, la quarantaine avantageuse, semblait ne pas s'apercevoir.

Le regard de Monsieur Coureau s'attarda un instant sur celui-ci. Très brun, de taille moyenne, les jambes longues, le buste court, il eût été sans agrément sans un visage acéré, encore jeune, que l'on eût dit sculpté par quelque artiste de la Renaissance italienne : dessin viril des traits ; mais non sans finesse, des cheveux souples, un nez aquilin, des lèvres expressives, lèvres d'orateur peut-être. En revanche, le regard fuyant indisposait.

Alors que l'on servait le hors-d'œuvre à Étienne Coureau entrèrent deux jeunes femmes qu'il n'eut aucune peine à identifier : Maëlle Wiener et Anne-Flore de Kermeur. Il chercha à deviner qui était qui tandis qu'elles prenaient place un peu à l'écart. Son œil était soudainement devenu celui d'un connaisseur, qui s'allume, serpente autour d'un visage, revient ensuite aux mêmes points. Tout en mangeant, il ne pouvait s'empêcher de trouver plus qu'étrange le couple formé par ces deux jolies femmes encore aux aurores de l'existence, quoiqu'il pût s'agir de deux camarades d'école se retrouvant après une longue séparation pour partir à l'aventure.

Mais il sentait sourdre une certaine tension entre elles qui l'impressionna défavorablement, un peu comme si toutes deux jouaient la comédie afin de donner le change à un public imaginaire, chacune dans son rôle : la blonde plutôt en retrait, secrète, et la brune de cette race qui s'empare des dés, monologue aisément avec un réel charme, se délivre dans les artifices du verbe et use de ceux-ci pour accroître une séduction latente, transformer un visage attractif, mais sans beauté régulière en des échanges lumineux entre les yeux d'un mauve profond, tour à tour brillants ou langoureux, et les plis tantôt rieurs, tantôt sarcastiques de la bouche, les inflexions des sourcils. Il n'ignorait pas que certains Bretons étaient très bruns, mais il voyait mal cette créature charmeuse répondre au patronyme de Kermeur. « Une chance sur deux ! » songea-t-il.

Son examen fut un instant distrait par l'entrée de la femme de lettres. L'ayant déjà entrevue et ayant eu ainsi le loisir de se faire d'elle une opinion succincte, il commença à détailler discrètement celle qu'il avait baptisé Anne-Flore de Kermeur, étonné au premier abord par cette jeunesse d'aspect intact, ces cheveux où se mêlaient subtilement l'or et le blond vénitien, cette figure aux pommettes saillantes que soulignaient de petites fossettes, la blancheur d'une peau d'albâtre parsemée de minuscules taches de rousseur, un regard d'un gris métallique, et tant d'assurance naturelle, d'aisance envers les choses de la vie…

« Si on ajoute à tout cela une taille souple, déliée, on ne sera pas éloigné d'une presque parfaite esquisse de La Femme, songeait Étienne Coureau. Dommage, pourtant, qu'elle n'ait pas le charme de sa compagne… Charme et beauté seraient-ils donc vraiment inconciliables ? Mais… qu'est-ce que cela ? »

Soudainement, Mademoiselle de Kermeur s'était fermée comme un étau, et il lut sur son visage une expression de dureté mêlée de lassitude. Deux rides légères bridaient la bouche comme un mors, le regard était devenu celui d'une femme prématurément vieillie. Comme si quelque chose d'étrange venait de se produire, le silence s'était fait dans la salle, plus personne ne conversait, il semblait que chacun des convives se mettait en attente d'un événement à venir. Quelqu'un fit choir un couvert.

L'entrée d'un serveur dissipa cette gêne. Il se dirigea vers la table où l'homme et la toute jeune femme avaient pris place, ramassa un objet, tira un peu la nappe et repartit vers la cuisine.

### III.

Bien qu'il fût seulement près de la demie de neuf heures, le salon de l'hôtel était désert. La société, visiblement, était allée se coucher tôt. Seul Étienne tenait un journal de Paris, lisant distraitement, entremêlant dans une sorte de somnolence la matière des articles et les observations faites lors du dîner.

Monsieur Lepenner, constatant la solitude de son client et ayant expédié sa femme dans leurs appartements, n'hésita pas à aller s'asseoir auprès de lui et à le régaler d'un verre de lambig[1] de production locale. Étienne Coureau le laissa parler de choses et d'autres, sentant son interlocuteur dévoré par la curiosité. Enfin, celui-ci se décida :

— Alors, comme ça, vous êtes journaliste ?

— En effet.

L'hôtelier ne se laissa pas décourager par la sécheresse voulue de la réponse :

---

[1] Le lambig est un alcool de cidre breton, voisin du calvados, qui, lui, est normand.

— Notre région intéresse la presse de la capitale, maintenant ?

— Eh ! Pourquoi pas ?

— Vous êtes là à cause de ce qui est arrivé au *Goéland* ?

— On ne peut rien vous cacher... Dites-moi, si nous rebuvions un verre, cette fois à mes frais, et que vous me confiiez ce que vous pensez de cette drôle d'histoire ?

## IV.

Hardiment manœuvré, le *Narval* rentrait au port sous l'œil d'abord amusé puis admiratif de quelques vieux pêcheurs qui tiraient sur leurs bouffardes, assis sur des bittes d'amarrage.

— Ben… Ell' s'débrouillent joliment, c'te d'moiselles ! éructa un homme tout courbé, au visage buriné, résumant ainsi l'opinion générale.

Effectivement, le *Narval,* un cotre de quatorze mètres d'aspect élancé, paraissait difficilement manœuvrable par deux personnes tant on devinait en lui un pur-sang des mers, mais Maëlle et Anne-Flore semblaient rompues au domptage de la bête. Le voilier vint se ranger doucement le long du quai. Mademoiselle de Kermeur, le grelin d'amarrage à la main, sauta sur l'embarcadère, attacha le navire puis revint aider son amie à serrer les voiles, avec un air à la fois amusé et agacé de l'attention dont toutes deux faisaient l'objet, bien qu'elle pressentît que ces marins ayant l'océan au plus profond d'eux-mêmes admiraient l'élégance du bateau et se surprenaient à éprouver un secret plaisir à contempler d'aussi élégantes jeunes femmes se révéler bonnes praticiennes des choses de la navigation. Un peu de jalousie nostalgique se mêlait à ces réflexions, une sorte de mélancolie de la part des plus vieux, faite de souvenirs de départs dans la nuit, de fatigues, d'odeurs de varech et de sel, d'égaiements subits, d'appels et d'interjections.

Toutefois, une question précise taraudait l'esprit des observateurs : pour quel motif ces deux jeunes dames venaient-elles s'adonner aux joies de la voile dans cet endroit oublié, en cette saison désagréable ?

# V.

— Que surveilles-tu ainsi ?

La voix claire et posée de sa femme surprit Brice d'Heudicourt. Il se détourna de l'appui de la fenêtre ouverte.

— Je regardais nos voisines ramener leur voilier à quai… une jolie embarcation…

Sibylle s'approcha de lui contempla le paysage, puis posa une main sur l'épaule de son mari :

— Si nous sympathisions, peut-être pourraient-elles nous inviter à bord ?

— Cela est hors de question.

La dureté du ton désempara la jeune femme.

— Mais enfin, risqua-t-elle timidement, tu es bon marin, et…

Monsieur d'Heudicourt la coupa :

— Ne parlons plus de cela, veux-tu ? Je ne pense pas que ces deux amies soient pour toi des personnes fréquentables. »

Renonçant à lutter, Sibylle regarda le jour descendre, se sentant comme imprégnée d'une curieuse sensation toute nouvelle, un peu comme si un signal de danger venait de se mettre à clignoter dans son esprit.

## VI.

Étienne Coureau rentra à l'hôtel brisé de fatigue. Aussitôt, le maître des lieux qui, visiblement, l'avait pris en amitié lui offrit un remontant au bar.

Ce geste d'estime détendit l'atmosphère de la salle : si Monsieur Hervé Lepenner, une personnalité de Plouarguen, premier adjoint au maire, semblait ainsi priser un journaliste, de surcroît étranger, c'est qu'il convenait de ne point trop s'en méfier. De plus, la sympathie naturelle qui émanait de cet homme au visage avenant poussait les gens vers lui, chose précieuse dans son métier et dans l'exercice de ses fonctions officielles.

Dès qu'il fut installé, l'aubergiste vint s'asseoir en face de lui : « Vous avez pu rencontrer la famille des disparus ? »

— Oui, je vous remercie, grâce à votre petit mot d'introduction. Mais cela ne m'a pas été d'une réelle utilité. Ces braves gens n'ont pu orienter mes recherches dans un sens bien défini.

— Dommage pour vous que les Kerouer soient partis en campagne. Comme ce sont eux qui ont retrouvé le Goéland vide et dérivant, ils auraient peut-être pu vous aider. À propos, vous avez été voir le bateau ?

— Pas eu le temps. J'irai demain.

— Il est amarré au bout de la jetée. Vous ne pourrez pas vous tromper : il a été fraîchement repeint cet hiver, ajouta l'hôtelier, navré.

Rejeté au bout du musoir[2], comme un pestiféré…

Pendant qu'ils parlaient, un vieux marin mal rasé, à la casquette enfoncée jusqu'aux yeux, s'était approché d'eux.

— L'Goéland, c'est qu'le premier d'une série ! éructa-t-il à la cantonade.

Les autres le rabrouèrent :

— Tais-toi donc, Henri !

— Ça fait trente ans qu'tu prophétises ça !

— Corbeau d'malheur !

Mais le vieux tenait à son idée :

— Et en 1881, c'était-y des menteries ? Mon père l'disait bien : ce qui est arrivé reviendra !

---

[2] Musoir : pointe au bout d'une jetée.

— Oh, Henri, la ferme avec ta boite à proverbes !

Étienne intervint avec calme :

— Que s'est-il passé, en 1881 ?

L'ancien pêcheur prit une chaise et s'assit en face de lui, pointant sa pipe vers le visage du journaliste. Devant l'inévitable, les autres consommateurs reprirent leurs conversations.

— Vous m'offrez un ver' d'vin ? demanda le vieil homme. Coureau adressa un signe au patron qui alla chercher deux verres et une carafe.

— Alors ?...

Le vieux ne répondit pas tout de suite, buvant lentement les premières gorgées du liquide acidulé. Puis, d'une voix sourde, comme de peur d'être entendu, il commença son récit.

— C'était au printemps de 1881 qu'disparut la première barque d'pêche. Deux jours après, on la r'trouva en train de dériver au large. Vide. On a jamais pu savoir c'qu'était arrivé à ses occupants. Deux marins, des bons. Comme si les poissons les avaient bouffés. Puis, c'fut l'tour de l'*Aurore*, un p'tit chalutier. L'était parti fin mars, on l'retrouva au milieu d'avril, vide, lui aussi, sans traces de chocs. Y avait trois gars à bord, j'mais r'vus, évaporés !

— N'auraient-ils pas pu être happés par une lame ?

— Ben sûr qu'non ! La mer, elle avait été belle tout l'printemps, c't'année là. Comme en ce moment, tiens ! Puis, c'fut un p'tit jeune qu'était allé pêcher un après-midi. L'surlendemain, on r'trouva sa barque échouée à la pointe du Noz, intacte. Mais on r'vit jamais l'gars Corentin... L'Diable d'vait avoir son content, car y'a plus eu d'disparitions...

— Le Diable ? demanda Étienne, surpris.

— Vous connaissez point l'trou du Diable ?

Le journaliste avoua son ignorance. Le marin se pencha un peu plus vers lui et baissa encore la voix :

— On dit que l'Démon, y creuse un trou dans la mer sur l'passage d'certains navires pour avoir les âmes d'leurs pilotes. Y rend les bateaux, j'mais les hommes, j'mais... Vous verrez que l'vieil Henri a raison : y'aura « 'cor d'aut' disparitions...

Il lampa le fond de son verre puis se leva sans autre forme de procès et sortit, sous l'œil vaguement réprobateur des autres clients. L'aubergiste s'approcha d'Étienne : « Ne croyez pas ses racontars. C'est un vieux fou qui n'a plus toute sa tête... »

Ce n'était pas tout à fait l'avis du journaliste qui, au contraire, avait la très ferme intention d'approfondir la question.

## VII.

Après le souper, dont l'atmosphère avait été moins compassée, tendue, que la veille, Madame Wiener était aussitôt montée se reposer, abandonnant Anne-Flore à une conversation languissante avec cet homme que, sans savoir pourquoi, elle n'appréciait guère, ce journaliste dont, pour elle, la présence se parait désagréablement de vagues relents d'enquête policière qui l'impressionnaient inexplicablement.

L'appartement qu'occupaient les deux amies, seules au second étage de la maison, se composait d'un petit salon et de deux chambres flanquées l'une d'une toilette et l'autre d'une grande salle d'eau. Disposées de chaque côté du salon, ces deux pièces étaient de belles proportions, Mademoiselle de Kermeur occupant la plus vaste si ce n'est la plus confortable.

Maëlle reposait allongée sur le dos, la tête à peine éclairée par des rais de lune qui fouillaient la chambre au gré des nuages poussés par la brise qui parfois obscurcissaient totalement la pièce, la parant d'un noir d'abandon avant que ne reviennent les faisceaux blanchâtres venant toujours se poser, avec une régularité énigmatique, sur le visage de la jeune femme. Ses yeux aux striures mauves étaient grands ouverts. Une longue mèche de ses cheveux bruns, curieusement éclairée d'une teinte de bronze à son extrémité, barrait son front et frémissait au rythme de sa respiration. Ses mains, croisées l'une sur l'autre sur sa poitrine, avaient ce mouvement de sécurité que l'on a pour une épaule amicale.

Un reflet clair balaya le lit, démasquant le visage, l'inondant d'une subite mise à nue, un visage dévoilé, gracile, léger, à la bouche peut-être un peu trop proéminente, mais au nez bien dessiné encadré de pommettes arrondies, charmantes, qui laissaient toutefois à l'éclat vibrant du regard s'assurer la première place. Le corps, menu, remua sous les couvertures, se disposa en travers du lit. La tête oscilla sur l'oreiller, deux petites taches blanches glissant le long des joues pleines, puis les paupières s'abaissèrent lourdement.

Maëlle venait de sombrer dans le sommeil. À ce moment, semblant sourdre des murs mêmes de la maison, s'exhala une sorte de chuchotement, peut-être une plainte.

Le silence se reforma. Sans bruit, l'ombre de son amie se faufila dans le salon.

# VIII.

Bien plus avant dans la nuit, l'insomnie tenait éveillée Mademoiselle de Kermeur. Bercée par les flots venant mourir en contrebas de la falaise, Anne-Flore regardait défiler devant ses yeux engourdis les images de souvenirs à la fois proches et lointains, souvenances encore présentes, mais datant d'une dizaine d'années, de la manière dont elle fit connaissance avec Maëlle alors presque une enfant.

Elles étaient à l'époque toutes deux vêtues d'un tablier gris, droit, plissé sous la taille. Par-dessous, elles portaient l'uniforme bleu marine et blanc qui faisait le prestige de l'institution, la distinguait des autres écoles et couvents. Anne-Flore, en ce temps-là, le portait pour la dernière année, préparant son baccalauréat, alors que Maëlle, nouvelle élève de l'établissement, venait de l'endosser.

Un fil invisible les avait peu à peu reliées en dépit de la différence d'âge, et bientôt leur amitié avait su surpasser toutes les difficultés, toutes les contraintes qu'imposait une stricte discipline. Cela n'avait nullement été un coup de foudre, mais plutôt un sentiment qui s'était sournoisement déclaré et les avait incitées à franchir certaines barrières du domaine, à passer comme un coup de vent par-delà ses règles, ses murailles imposées par ce qu'on appelait bienséance, qui interdisait les rapprochements entre élèves de divisions différentes. Cette sorte de mouvement d'air s'était peu à peu fixée, comme si une tempête avait édifié des murailles de sable autour d'elles et les avait solidifiées. Les dix-huit ans d'Anne-Flore et son indépendance, le désintérêt qu'avaient pour leur pupille les tuteurs de Maëlle — ses parents étaient morts pendant la guerre — avaient aplani bien des difficultés.

Dès cette époque, Maëlle présentait un curieux mélange d'aveuglement et de lucidité, un chien fou tantôt euphorique, tantôt gravement abattu, mêlant le vrai avec le faux, les rancœurs de fillette avec des pensées d'adulte, brouillant la générosité la plus pure avec l'égoïsme le plus inconcevable. « Le tri se fera plus tard », songeait alors Mademoiselle de Kermeur. Mais s'était-il réellement fait et Maëlle ne continuait-elle pas à s'immoler dans l'existence ?

La fusion de leurs deux êtres, espèce de fièvre d'espoir, s'était étendue sur de longs mois avant de culminer au cours d'un bal costumé où, défiant leur entourage et voulant rendre une sorte d'hommage à la fois triste et passionné au roman de Julien Gracq « *Un Beau Ténébreux* »[3] qu'elles venaient de découvrir conjointement peu après sa parution, elles étaient apparues sous les traits des *Amants de Montmorency*[4]. Portant le masque de l'amant, Anne-Flore avait poussé le réalisme jusqu'à dessiner une tache de sang à l'emplacement de son cœur.

Un tel stigmate de souffrance eût mieux convenu à Maëlle : Anne-Flore, progressivement lassée des débordements tyranniques que lui faisait subir l'affection et les manifestations de tendresse excessives de sa compagne, s'était peu à peu détachée d'elle avec tact et douceur. Elle en avait éprouvé du remords, même de la souffrance, car son affection était toujours restée vivace. Maëlle avait alors plus de seize ans et ensuite s'était littéralement mise à errer dans l'existence. De brefs élans sans lendemains les poussaient parfois encore l'une vers l'autre, mais, inexorablement, le fil qui les unissait se distendait de plus en plus. Maëlle connut diverses aventures avant que, sur un coup de foudre, ou voulant à toute force échapper au passé, Maëlle du Lyard devint Madame Wiener après une rencontre au casino de Monte-Carlo.

---

[3] *Un Beau Ténébreux,* roman de Julien Gracq paru en 1945.

[4] *Les Amants de Montmorency,* poème d'Alfred de Vigny, <u>in</u> « *Poèmes Antiques et modernes* », 1826.

Trois années passèrent sans qu'elles se retrouvent. Trois années, durant lesquelles Mademoiselle de Kermeur empruntait les allées prévisibles que son milieu lui souhaitait voir arpenter, non sans promener sur ces futilités un regard d'autant plus ironique qu'elle en transgressait allègrement les règles en ayant quelques aventures discrètes avec les représentants du sexe dit fort, trouvant dans ces émotions qu'elle qualifiait de « subalternes » un paradoxal apaisement.

Puis, Maëlle Wiener ayant quitté Monte-Carlo pour revenir à Paris avec son époux, passant leur temps entre la capitale et leur manoir normand de Beaumont-le-Roger, elles s'étaient revues avec tranquillité, pouvant croire que leurs débordements passés s'étaient définitivement mués en une fraternelle amitié, et Mademoiselle de Kermeur avait conclu de leurs entrevues que son amie était à jamais sortie de sa vie affective.

Mais, par une sorte de fatalité, il était dit que Madame Wiener déchirerait tout ce qui aurait pu faire son bonheur, et influerait ainsi sur le destin d'Anne-Flore. N'éprouvant plus guère d'amour pour son mari, et encore trop jeune et inconséquente pour accepter le futur d'une existence commune, elle se mit à avoir quelques aventures. Monsieur Wiener, la sagesse de l'âge aidant, les toléra philosophiquement jusqu'au jour où, follement éprise, sa femme se jeta dans la Risle, en prenant soin toutefois de ne pas se noyer tout à fait, pour les beaux yeux d'un moniteur du club d'équitation qu'elle fréquentait.

Bien que la plus grande discrétion ait été observée, le fait avait quand même dépassé les limites de Beaumont-le-Roger, et Monsieur Wiener, catholique pratiquant et de haute tenue morale, ne demanda pas le divorce, mais se contenta de rompre les ponts, non sans aigreur. Lors, laissée à elle-même, Maëlle, que son trop grand charme plutôt que sa joliesse rendait précieuse au cœur de bien des hommes, connut une période ingrate faite d'embrasements généralement suivis de déceptions physiques comme sentimentales, qui la ramenèrent chez la seule amie capable de mettre un peu de baume sur les plaies à vif de son âme tourmentée, de la rassurer devant une existence que Maëlle voulait dévorer, tout en l'appréhendant.

Dans cette nouvelle intimité de leurs esprits, trouble, fantasque, équivoque, Anne-Flore avait réappris à connaître son amie, à apprécier ses qualités, à essayer de combattre ses défauts.

Sous les draps, Anne-Flore se crispa. Songeant à la dernière dépression de sa compagne, elle sentit une bouffée d'amertume et de désenchantement déferler sur elle. Toutes sortes de pressentiments sombres l'enveloppèrent et l'opprimèrent, sans qu'elle sût exactement pourquoi, bien qu'au fond d'elle-même une question subsistât, une sorte d'interrogation sans réplique contenant dans sa nature propre une inéluctable conclusion : de fait, déçues, malmenées, Maëlle et elle ne s'étaient-elles pas échouées sur ce bout d'Armor pour donner une réalité, illusoire ou non, au poème de Vigny ?

# CHAPITRE 2

## I.

Étienne Coureau sauta sur le pont du *Goéland*. Le petit chalutier, ancré à l'extrémité du môle, dégageait, en dépit de ses peintures neuves, un relent de déshérence, comme une sorte de fossile exhibant impudiquement d'inutiles atours.

Le journaliste se glissa dans les entrailles du navire et l'inspecta. Mais ni l'intérieur ni l'extérieur du bâtiment ne lui apprirent rien sur sa destinée passée : l'embarcation ne recelait rien d'anormal, hormis le fait qu'il paraissait émaner du moindre des filets laissés à l'abandon pour une pêche imaginaire comme des objets de navigation ou des superstructures une vague présence, pareille à quelque chose d'indéfini qui vibrerait dans l'air. C'était à la fois étrange et désagréable.

Il regagna le quai et prit la direction de l'hôtel des Vagues. Au passage, il regarda le *Narval* qui s'éloignait vers l'océan.

Arrivé devant l'hôtel, il se dirigea vers le parking et s'installa dans sa voiture — une Lancia

« Aprilia » de 1937 entretenue avec amour — non sans un regard presque envieux pour la Salmson Cabriolet flambant neuve qu'il savait être la propriété de Mademoiselle de Kermeur, les deux voitures détonnaient vraiment par rapport aux autres, infiniment plus banales.

Il prit la route de Brest pour se rendre au siège du « Télégramme », où il demanda à consulter les archives.

Un petit homme tout ratatiné l'accueillit dans la salle où étaient entreposées les archives épargnées par les bombardements. Le journaliste demanda à voir l'année 1881.

— Vous aussi ! fit l'employé. Mais qu'est-ce que vous avez tous à vouloir consulter cette année-là ?

— Je ne suis pas le premier ?

— Pour sûr, non ! Il y a trois jours, une femme est venue. Puis, hier, un homme. Ils voulaient tous les deux le premier semestre de 1881. Vous aussi, c'est ce que vous voulez voir ?

— Exact. Mais, dites-moi, à quoi ressemblaient ces deux personnes ?

Le visage du petit employé se ferma. Miraculeusement, un billet apparut, dépassant de la main de Coureau. L'homme le regarda, passa sa langue sur ses lèvres et répondit :

— La dame, elle était entre deux âges, correctement vêtue, assez grande. Elle portait des lunettes…

— Et ? Vous pouvez m'en dire plus ?

— Oh, ici, vous savez, j'apporte ce que les gens me demandent, puis après… Je ne vais pas les espionner ! Leurs têtes, leurs habits, ce n'est pas ce qui m'intéresse…

Il eut un nouveau regard vers le billet qui crissait entre les doigts d'Étienne.

— Et l'homme ?

— Un monsieur… Grand, la cinquantaine environ, très bien mis… Un monsieur, quoi !

Ces deux signalements pouvaient correspondre à de nombreux individus dans la même tranche d'âge. Sentant qu'il ne pourrait sans doute pas obtenir d'autres renseignements, le journaliste se fit apporter la collection désirée, puis glissa le billet dans la paume maculée d'encre de l'archiviste.

Janvier 1881… non, rien… Février… Mars… toujours rien… Avril, voyons… 1, 2, 3… 8… 11, 12… Douze avril ! Un entrefilet en une, des marins disparus… L'article, maintenant… Page six, rubrique des faits divers…

Étienne Coureau commença à feuilleter le journal un peu jauni puis suspendit son geste et eut un juron : la page six avait été grossièrement arrachée. Cherchant plus loin puis dans les journaux des jours qui suivaient, il constata qu'il en allait de même pour tous les reportages consacrés aux marins qui avaient disparu.

Il se leva, rapporta le dossier à l'employé et l'ouvrit aux pages manquantes :

— Vous saviez cela ?

— Damnation ! s'écria le petit homme, mais quel vandale a pu faire cela ? Que va dire le patron ?

— On a manifestement voulu empêcher d'autres personnes de prendre connaissance de ces articles, soupira Étienne, consterné.

— Sûrement cette dame ou ce monsieur. Ah, les vaches !

— En dehors d'eux, personne n'était venu récemment consulter l'année 1881 ?

— Pas depuis la guerre, et même avant, cela fait vingt ans que je travaille dans ce service, alors…

— Je vois…

Laissant le responsable accablé devant ses archives déshonorées, il se dirigea vers la sortie, lorsque l'autre le rappela :

— Monsieur, attendez !

Étienne se retourna :

— Oui ?

— Je viens de me souvenir de quelque chose…

L'homme louchait sur la poche de la veste de son visiteur, d'où était sorti le billet.

— Le monsieur, il avait une grosse bague, et la dame un pendentif.

— Et alors ?

— Eh bien, sur les deux il y avait le même dessin. Un truc géométrique. Comme c'était des beaux bijoux, ça m'a tiré l'œil. »

Un nouveau billet disparut dans la main du petit homme. Le journaliste sortit, retrouvant avec plaisir l'air libre, il avait l'impression qu'il y avait au fond de cette aventure un élément malsain, une sorte de miasme, qui le gênait, le dissuadait presque de continuer.

## II.

Annie, la petite bonne de l'hôtel, une fille de la campagne aux joues roses, pénétra à l'aide de son passe dans la chambre du journaliste, en songeant que c'était la plus agréable à faire : tout y était parfaitement ordonné, rangé, rien ne traînait. Quel contraste c'était avec la chambre de cette femme, il parait qu'elle était écrivain, qui vivait dans le plus incroyable des capharnaüms !

Elle commença à actionner l'aspirateur en s'abandonnant à ses pensées de fille pas compliquée, bluettes de bals populaires, feuilletons à l'eau de rose, bandes dessinées. Laissant vagabonder son imagination, elle ne prit pas garde que le manche de son instrument s'accrochait à la poignée d'une petite sacoche de cuir posée sur une tablette. Celle-ci oscilla et la sacoche valsa sur le sol, répandant son contenu. Annie pesta contre sa maladresse, eut un regard inquiet vers la porte — non, il n'y avait personne —, arrêta l'aspirateur, se retourna pour réparer les dégâts, et resta comme paralysée, surprise et horrifiée.

Sur le parquet, entre un paquet de cigarettes et un trousseau de clefs, gisait un étui contenant un pistolet automatique et deux chargeurs.

Curieux journaliste, qui se baladait avec un 7,65…

# III.

Presque encalminé, le *Narval* glissait avec lenteur sur une mer d'huile, toutes ses voiles déployées pour recevoir le plus infime souffle de vent.

— On tente de mettre le moteur en marche, ou on se passe de déjeuner ? demanda Maëlle.

— Tu as très faim ?

— Non.

Elles rirent, sans savoir pourquoi. Maëlle alluma une cigarette :

— La mer donne envie de tabac. La fumée prend un goût salé plutôt agréable.

— Alors, tu devrais fumer la pipe : cela dure plus longtemps, et on voit la fumée monter au-dessus des flots, différentes nuances de bleu se mêlent.

Anne-Flore bloqua la barre et alla sur le cockpit aux côtés de sa camarade. Maëlle eut un frémissement en devinant sa présence maintenant toute proche. Elle avait longuement attendu cet instant, depuis le départ du port elle avait désiré qu'Anne-Flore eût un geste d'amitié à son égard, même le plus anodin, pour lui permettre de délivrer ce qu'elle avait sur le cœur. Elle se cacha sous ses paupières closes, respirant le parfum d'Anne-Flore qui se mêlait aux odeurs de la mer, quêtant une parole ou bien un geste qui lui serait un réconfort.

Mademoiselle de Kermeur promena un regard distrait sur le corps allongé de sa compagne. Un gros pull masquait le buste, mais les jambes nues, offertes au pâle soleil, étaient couvertes de chair de poule. Il faisait frais.

— Anne-Flore ?

La voix avait baissé d'un ton, tout à la fois plus grave, plus ferme, mais à l'intonation trouble d'un enfant prêt à confesser un manquement. Mademoiselle de Kermeur ne s'y trompa pas :

— Qu'as-tu de si important à me dire ?

— Ne te moque pas, tu m'enlèverais mon peu de courage, ce que j'ai à te confier est plutôt assez ennuyeux…

Un silence, troublé seulement par quelques clapotis, s'instaura entre elles. Anne-Flore sentit monter en son amie le désir enfantin de jouer aux devinettes pour se soustraire à l'humiliation d'une confession. Mais elle se refusa à entrer dans le jeu de sa cadette, et se contenta de lâcher un bref et sec : « Je t'écoute ». Maëlle se rembrunit, mais finit par se décider :

— Il s'agit de cet homme… celui qui a une jeune femme si réservée, si charmante…

— D'Heudicourt ?

— Oui… je l'avais rencontré lors de réceptions… Je pensais ne jamais le revoir, surtout pas ici ! Et, hasard malheureux, il est là…

— Ouais. Il a été ton amant ?

Anne-Flore avait l'habitude, désagréable ou amusante selon l'humeur de son interlocuteur, de raccourcir les réflexions de l'autre et même de le précéder dans la conversation. Maëlle murmura un « oui » lugubre.

— Décidément, reprit sa compagne, tu n'es pas fréquentable. Où que tu ailles, tu sèmes le soufre et les ennuis.

— D'accord, d'accord, mais, tu te rends compte, ma situation va devenir intenable ! Nous devons partir !

Anne-Flore pâlit et laissa tomber, d'une voix froide et sans timbre :

— Tu n'es qu'une gosse capricieuse, doublée d'une traînée !

Maëlle frissonna sous l'insulte autant que si un monstre marin venait de surgir des flots alanguis. En fait, elle s'était attendue à ce que sa camarade se fâchât, l'injuriât, la battît même, non par jalousie, mais par exaspération, elle avait tout imaginé sauf ce mépris distant. Elle aurait préféré qu'Anne-Flore se saisisse de ce cordage qui traînait et l'en frappe, plutôt que de subir son dédain.

Elle sentit son amie se relever lentement puis revenir à la barre. Une très légère bise se levait, le foc du *Narval* se gonflait mollement. L'air bruissait en frôlant le cotre, la mer devenait incertaine, comme incrédule devant les parcelles d'écume soulevées par des souffles timides.

L'entrée de l'aber se découpa une heure plus tard devant leurs yeux, une clairière de sable au tréfonds d'une forêt oubliée. Face à ce paysage de rocs et de pins, Maëlle, qui était demeurée prostrée depuis son algarade, revit l'image d'un tableau depuis longtemps enfoui dans sa mémoire, un peu comme si, en cet instant privilégié il eût été impossible qu'elle songeât à autre chose qu'à *L'Île des Morts*[5], à la fois le tableau s'imposait dans son esprit et les accords de l'œuvre de Rachmaninov explosaient en elle, comme si la musique jaillissait des flots.

---

[5] *L'Île des Morts* est une série de cinq tableaux d'Arnold Böcklin, peintre suisse (1827-1901), dont s'est inspiré Serge Rachmaninov pour le poème symphonique éponyme.

La voix d'Anne-Flore la ramena à la réalité : il fallait effectuer les manœuvres nécessaires à l'accostage.

Le voilier était amarré lorsque Maëlle arrêta sa compagne qui s'apprêtait à monter sur le quai :

— Anne-Flore ? Il y a encore autre chose… Une chose à laquelle je viens de penser…

— Quoi donc ? demanda son amie d'une vois radoucie.

— Et si… si d'Heudicourt n'était pas là par hasard ? »

Sans que rien ne laisse prévoir son geste, Mademoiselle de Kermeur emprisonna de ses mains les paumes offertes, suppliantes, de son amie.

# IV.

À la nuit tombante, sa barque de pêche amarrée, le poisson débarqué, Yves Lesvran avait pris maintenant l'habitude de traverser l'aber sur une barge pour se rendre sur la rive opposée à Plouarguen, puis d'escalader le sentier abrupt menant aux « Trois Mâts », une villa sans caractère datant de la fin du dix-neuvième siècle, longtemps laissée à l'abandon, déshérence qui justifiait en partie la mauvaise réputation qu'on lui accordait, mais depuis peu occupée de nouveau. Il agissait ainsi non parce que les hôtes lui étaient particulièrement sympathiques, mais parce qu'ils payaient bien le poisson qu'il apportait : de quoi se permettre quelques extras : tabac blond, petits verres supplémentaires, billets de loterie…

La première fois, il y était passé « pour voir », un peu inquiet, et avait d'abord été éconduit par une vieille servante combinant en elle la grâce d'un bouledogue anglais et l'amabilité souriante d'un Grand Inquisiteur devant un groupe d'hérétiques larmoyants. Mais un appel sourd, venu des profondeurs de la demeure, lui avait fait rebrousser chemin, et il s'était trouvé en face d'un vieillard sans âge, tassé au fond d'un fauteuil, des cannes à portée de la main et dont l'aspect avait évoqué pour le pêcheur celui d'un acteur trop fardé. C'était l'homme qui pour trois mois avait loué la villa en décadence.

Contrastant avec sa domestique, le vieil homme l'avait abordé de manière si encourageante, et lui avait si bien payé le poisson, qu'il s'était juré de revenir le plus souvent possible en ramener d'autres. De fait, presque chaque soir, il montait aux « Trois Mâts », toute méfiance évanouie, bien qu'il n'aimât pas la maison.

Parfois même, le vieillard le faisait venir près de lui et l'interrogeait longuement sur le village, ses habitants, et Lesvran était à chaque fois surpris de voir quelqu'un d'apparence si respectable s'enquérir aux derniers potins du bourg, comme si ceux-ci eussent été part importante de son existence. Il mettait cet intérêt sur le compte de l'ennui.

Ce soir-là, justement, après lui avoir offert alcool et cigare, son hôte avait semblé ne pas se lasser de l'entendre parler des menus faits survenus au village. Mais, au bout d'un moment, la conversation avait traîné en longueur, l'homme avait paru s'assoupir, et le pêcheur était sorti sur la pointe des pieds.

Avant de redescendre vers l'embarcadère, il avait flâné quelques instants dans le jardin délaissé où une végétation sauvage débordait sur d'anciennes allées, effaçant toutes les lignes sous ses broussailles épineuses. Sans qu'il sût au juste pourquoi, ses pas le ramenèrent sur les traces de ce qui semblait un chemin, parsemé des touffes molles d'une herbe jaunie. Fatigué par sa journée de pêche, il eut envie de finir là, tranquillement, son havane. Il s'assit sur une souche, et peut-être somnola-t-il avant qu'une sorte de gémissement aussitôt couvert par un bruit de moteur ne le fasse tressaillir : une voiture venait de s'engager sur le chemin menant à la villa, et ses pneus avaient sans doute geint sur le gravier. Il se dissimula dans un berceau de verdure, un peu inquiet, mais sa curiosité excitée.

L'automobile passa devant lui. Il n'eut aucun mal à la reconnaître, l'ayant admirée dans le parking de l'Hôtel des Vagues qu'il pourvoyait en homards et langoustes. « D'la belle bagnole », avait-il alors songé. Le véhicule s'arrêta tout près du perron moussu. La nuit tombée l'empêcha de voir qui en descendait.

Il se secoua en maugréant « De toute façon, c'est pas mes affaires... » et se dirigea vers la sente qui dégringolait vers la grève.

Mais, vraiment, étaient-ce les pneus de la voiture qui, tout à l'heure, avaient ainsi appelé à l'aide ?

## V.

Sibylle d'Heudicourt fut réveillée d'assez bon matin par des bruits confus, de sourds éclats de voix, qui vrillaient ses oreilles, depuis le port en contrebas de la falaise. Elle se retourna sous les draps comme pour essayer de se soustraire à ces sons fâcheux. Ses longues jambes agacèrent le lin, à la dérive. Elle-même ne distinguait pas ce qui ressortissait du songe ou du réel. Une atroce sensation de vide la saisit, la profondeur et le mystère de l'insondable, la terreur qu'engendrent la trame et l'abîme.

Sa main tâtonna dans l'obscurité vaguement parée des premières lueurs du jour puis finit par atteindre la poire de sa lampe de chevet. La lumière jaillit, la forçant à fermer un instant les yeux. Lorsqu'elle les rouvrit, l'angoisse l'envahit, et sa vue confirma ses impressions : le grand lit n'accueillait que son corps svelte.

Frissonnante, elle sauta sur le parquet, à la fois engourdie et surexcitée : où pouvait être son mari ? Ce n'était guère dans ses habitudes de partir tôt en promenade.

Haletante, elle poussa les volets. La lumière pâlie d'une aurore mal ressuyée d'une récente averse bleuissait sur les flots mêlés de ciel. Naïvement, son regard chercha son époux sur le sable de la terrasse, puis ses yeux plongèrent en direction du port, théâtre d'une animation qui n'était pas celle qui d'ordinaire préludait aux départs des chalutiers. De petits groupes allaient et venaient, s'interpellaient, conversaient avec de grands gestes. Que se passait-il ?

La cloche de l'église se mit à sonner. Des coups lents, graves et assourdis. Le glas, peut-être.

— Non, non, non, ce n'est pas vrai, dit-elle à mi-voix, ce n'est pas possible, on ne va pas rejouer à la guerre !

Sibylle fut prise de tremblements. Elle fixa les groupes de marins qui se formaient et se défaisaient, puis son regard se porta sur une autre scène aussi curieuse qu'un dessin naïf ou désuet rapporté sur une toile de maître.

Au milieu du petit port, deux chalutiers étaient ancrés. De longues cordes goudronnées les reliaient l'un à l'autre. De toute évidence, le premier des deux, celui sur lequel s'affairaient quelques hommes, avait remorqué le suivant, absolument vide, comme désossé. C'était comme si personne n'osait monter à bord et affronter la nudité morbide de son pont. Surprise, Sibylle essaya de voir le nom de ce navire abandonné par son équipage, c'était peut-être cela qui causait l'agitation, même l'affolement des habitants de Plouarguen.

Elle se retourna, cherchant des yeux sa valise, celle de son mari, ouvrit et en tira des jumelles qu'elle braqua sur la coque du bateau pour en lire le nom : c'était l'*Andréa*.

60

# CHAPITRE 3

## I.

Dépêché à Plouarguen par ses supérieurs, l'inspecteur principal Jules Rosanno s'était naturellement installé à l'Hôtel des Vagues. À dire vrai, il ne voyait vraiment pas comment il allait se dépêtrer d'une affaire aussi peu déchiffrable que celle de la disparition des équipages du *Goéland,* qui avait dérouté les pandores locaux, et de l'*Andréa.* C'était le type même d'énigme dont la non-résolution faisait tache dans la carrière d'un policier. Or, l'inspecteur était doté d'une ambition légitime sinon justifiée : sur ce sujet, l'opinion variait selon qu'on l'abordait avec l'intéressé ou avec ses collègues.

Ce qui l'agaçait le plus était qu'il ne possédait aucun élément susceptible d'engager ses recherches dans un sens défini. Il flottait. Une chose, cependant, le troublait : la réunion dans cette auberge de personnes qui, logiquement, n'auraient pas dû s'y retrouver. Mais tous ces personnages étaient arrivés après que l'on eût escamoté l'équipage du *Goéland.* Alors…

Et il y avait aussi cet Étienne Coureau… le nom lui disait vaguement quelque chose… Pourquoi dissimulait-il une arme dans sa chambre ? L'inspecteur en avait été informé par Monsieur Lepenner. Il fallait tenter d'en savoir un peu plus, et vite.

## II.

Redescendant des combles, l'esprit encore perturbé par les douloureux événements de la veille, l'hôtelier s'immobilisa sur le seuil du deuxième étage : un ébranlement sourd du plancher venait de lui indiquer que quelqu'un se mouvait en haut. Or, il était certain que tous ses pensionnaires étaient hors de l'auberge. Et Annie avait depuis longtemps fait les chambres. Il était presque six heures du soir et bientôt allait renaître le crépuscule.

À l'extrémité du couloir central, une fenêtre aux vitres dépolies déversait une clarté falote, inégale, agitée de palpitations vagues dues aux épais nuages d'averse que charriait devant le soleil affadi un vent d'altitude. Monsieur Lepenner marcha sans bruit pour observer qui se déplaçait avec de telles précautions. Un rat d'hôtel, ici… on aurait tout vu ! L'aubergiste s'avança sur la pointe des pieds et, se dissimulant dans une encoignure, regarda dans le corridor. Des sons assourdis provenaient de l'appartement occupé par les deux jeunes femmes.

Une silhouette en sortit, et l'hôtelier se recula. Il s'agissait de la romancière.

— Pff, encore saoule, elle s'est gourée d'étage et de chambre » songea Hervé Lepenner en se reprochant les inquiétudes qu'il venait de ressentir.

Toutefois, s'il avait été plus attentif, le propriétaire de l'Hôtel des Vagues aurait pu observer que la démarche de cette encombrante cliente était tout à fait normale…

# III.

— Vous !

— J'espère que je ne vous dérange pas, dit l'inspecteur Rosanno en refermant la porte derrière lui.

Étienne Coureau avait d'abord pâli puis s'était ressaisi avec prestesse. Il invita le policier à s'asseoir. Aussitôt installé, celui-ci prit la parole :

— Je ne serais pas venu si je n'étais, moi aussi, descendu dans cet hôtel. Nous sommes voisins de palier.

— Que voulez-vous, exactement ?

— Savoir pourquoi vous êtes ici. Inutile de vous préciser que je connais vos antécédents : vous avez été chassé de la police et vous entendez devenir un honnête détective privé. Nul n'a le droit de vous rappeler ce passé révolu. Notez qu'à cinq heures, j'ignorais tout cela : vous voyez que nous sommes toujours bien organisés…

Étienne le coupa :

— Je n'ai jamais été renvoyé. J'ai démissionné.

— « On » vous a démissionné, cela est vrai…

— Savez-vous au moins pour quel motif ?

— Ma science est récente : pour avoir cabossé à la sortie du tribunal un notable que vous aviez arrêté pour proxénétisme et que son brillant avocat, joint à quelques appuis politiques, avait fait relaxer. Heureusement, il s'en est tiré avec un petit traumatisme crânien et des côtes cassées.

— Un vieux vicieux, il y avait des plaintes, et parmi ses victimes, des mineures… Vous ne pouvez l'ignorer !

— C'est là un problème moral que je me garderai de trancher et qui n'a pas sa place présentement. Je note toutefois qu'à votre décharge, on vous a délivré un port d'arme. Je sais aussi que vous avez déjà aidé au succès de deux enquêtes délicates…

— Qu'espérez-vous de moi ? Un coup d'épaule ?

— Je vous l'ai déjà demandé : que faites-vous ici ?

— Et le secret professionnel ?

L'inspecteur passa du blanc au pourpre :

— Vous vous foutez de moi ? Vous n'êtes quand même pas dans ce trou perdu pour vous adonner aux régates, votre sport favori !

— Pourquoi pas ? Mais, comment savez-vous cela ?

— La police n'est pas si mal faite, vous devriez être au courant !

Étienne Coureau daigna esquisser un sourire. Après tout, ce jeune policier ne lui déplaisait pas trop, il avait su le prendre. Il soupira, puis lâcha :

— Je vais vous proposer une sorte de pacte : vous ne cherchez pas à savoir les raisons de ma présence en ce lieu, et, en revanche, je vous livre ce que j'apprends sur ces énigmes.

Rosanno resta coi. Puis :

— D'accord, mais à la condition que vous me juriez que vos recherches n'ont aucun rapport avec les affaires qui m'amènent ici.

— Je vous le certifie.

— Bien… Ah, je ne sais pas ce que penseraient mes supérieurs s'ils se doutaient que j'ai autorisé un « privé » à se joindre à moi. C'est une belle entorse au règlement, mais, si vraiment vous possédez des éléments susceptibles de m'éclairer, j'accepte votre aide… Cette histoire me semble diablement compliquée. Il y a là-dedans des aspects qui me déplaisent... tout comme ce bled, d'ailleurs !

— Sauf l'auberge où nous sommes : j'ai remarqué que vous avez fait honneur au dîner.

— Laissez. Avez-vous une idée sur la manière dont ont pu disparaître ces pêcheurs ?

— Si vous le permettez, je crois que le mieux serait d'abord d'écarter ce qui, à mon sens, n'a pu se produire.

Le principal acquiesça. Coureau enchaîna :

— Tout d'abord, j'écarte la thèse de l'accident, de la noyade accidentelle, de la collision fortuite : premièrement, nous connaissons ici depuis quelques semaines des conditions climatiques idéales ; deuxièmement, ces marins étaient très expérimentés, tous n'auraient pu se noyer d'un coup ; troisièmement, j'avoue ne pas croire aux coïncidences. Qu'à deux reprises des hommes disparaissent dans les mêmes conditions rocambolesques, j'en déduis qu'il y a un rapport entre ces deux faits.

— Je fais miennes ces déductions. Qu'avez-vous écarté d'autre ?

— L'enlèvement. Pour quel motif ? Laissons au vestiaire de romanesques arraisonnements effectués par des pirates modernes. On aurait, dans ce cas, retrouvé des traces de bagarres ou de fouille. Or, il n'en est rien.

— Soit, mais on aurait pu enlever ces hommes pour rançonner leurs familles !

— Sous ma couverture de journaliste, j'ai visité ces gens-là. Ils sont pauvres, inspecteur, très pauvres... Si, l'été, des touristes avaient disparu, je ne dis pas... Mais là...

— Tout en n'écartant pas aussi radicalement que vous cette hypothèse : oui, on peut commettre un rapt pour d'autres motifs que l'argent, j'admets que vos arguments sont valables. Délaissez-vous une troisième solution ?

— Oui. Le suicide collectif.

— Hein ?

— Ils étaient trois sur le *Goéland* : deux frères et je jeune fils de l'un d'eux. Ils étaient deux sur l'*Andréa* : le père, et, là encore, son rejeton.

— Où voulez-vous en venir ?

À ceci : ces deux familles auraient pu connaître de telles difficultés que la seule porte de sortie aurait été la mort. Mais j'ai fait discrètement une enquête : aucun de ces petits patrons de pêche n'est endetté ou alarmé financièrement, malgré leur dénuement. Ils ne roulent pas sur l'or, loin de là, mais ils vivent. Il pourrait y avoir d'autres motifs, mais cela me semble un peu tiré par les cheveux. Et pourquoi auraient-ils épargné leurs épouses ?

— Quoique dans le cas de l'*Andréa,* on pourrait imaginer le père tuant son fils et se suicidant ensuite, ou l'inverse.

— Mais que faites-vous du *Goéland* : là encore, la coïncidence serait surprenante.

— Je n'en disconviens pas. Excluez-vous d'autres suppositions ?

— Oui : les monstres marins et l'action de Lucifer !

Les deux eurent un petit rire, puis l'inspecteur revint à la charge :

— Alors, qu'envisagez-vous ?

— Rien de vraiment précis… Il y a pourtant deux faits qui me font croire que quelqu'un tire les ficelles de tout cela, et, pour arriver à ses fins, utilise des événements du passé.

— Que voulez-vous dire exactement ?

Étienne raconta à l'inspecteur comment il avait entendu parler de cas identiques, ainsi que de la disparition des journaux relatant ces faits anciens.

## IV.

Un étage plus bas, dans le salon de l'hôtel, ces accidents du destin avaient rapproché les pensionnaires, à l'exception de Monsieur d'Heudicourt qui semblait fuir tout contact autre que celui de sa jeune épouse.

En vraie fille de la mer, Mademoiselle de Kermeur ressentait très profondément ce nouveau drame. Se refusant, par décence, à sortir le *Narval* en ce jour de deuil, elle était allée dire une rapide prière puis avait emmené une Maëlle d'abord boudeuse faire une très romantique promenade sur la lande.

Une douce gaze ceignait l'atmosphère, voile mollement étendu, créant une lourde intimité seulement distraite par quelques coins d'un pâle soleil aux reflets changeants comme si d'invisibles vitraux filtraient les rais et les dissociaient en mouvantes taches de couleur. Anne-Flore avait ressenti en ces lieux brûlés une sensation très proche de celle qui l'avait envahie dans la petite chapelle où elle était allée s'agenouiller, une sorte de communion avec un endroit mystique, où il y avait comme une présence à la fois éprouvante et consolatrice, mais qui exhalait des relents de mort. À ses côtés, respectant son silence, sa compagne s'était détendue. La marche paraissait lui insuffler un sang neuf, parfois son visage s'offrait aux embruns légers.

Peut-être devina-t-elle ce qui troublait son amie lorsque sa main rejoignit celle de l'autre qui jouait nerveusement avec les plis de la jupe écossaise. Anne-Flore avait longuement serré ces doigts offerts, connus et neufs à la fois, chauds et avares. Puis, d'un coup, elle avait repoussé l'étreinte, sentant confusément une présence se dissimuler non loin d'elles. Ses yeux détaillèrent la nature environnante. L'air vibrait, une forme se tapissait dans un berceau de feuillage.

Quelques instants plus tard, elles débusquaient une fillette d'une huitaine d'années, proprement vêtue, aux longs cheveux roux, qui paraissait terrifiée, et dont le regard les fixait en silence, idiot et demeuré. Elles ne purent en tirer une parole et la laissèrent fuir, interloquées et subitement prises d'angoisse d'avoir frôlé une telle forme de dégénérescence. Cette aventure les décida à revenir au village par le chemin de la falaise qui surplombait une côte déchirée de grottes et de récifs écumants. Ne pas rester sur la lande, surtout… Le soir commençait à tomber, et Maëlle avait marché sans pouvoir détacher son regard des fonds vertigineux où se croisaient lune naissante, nuages enchevêtrés, soleil en décours, elle se sentait attirée par les flots, soudainement désireuse de s'y engloutir, de s'y fondre. La voix d'Anne-Flore avait alors subitement rompu ce charme vénéneux.

À présent, c'était cette même voix qui, échafaudant de vagues hypothèses, tenait en haleine le petit cercle formé autour de la jeune femme. On y reconnaissait Maëlle, bien sûr, Madame d'Heudicourt et la romancière. Parfois, Monsieur Lepenner faisait de brèves apparitions.

Madame Ripeyroux se pencha vers Mademoiselle de Kermeur :

— Me permettrez-vous une indiscrétion ?

— Pourquoi pas ? Si elle ne prête pas à conséquence !

— J'ai rarement rencontré une femme aussi jeune que vous si au fait des choses de la mer. D'où tenez-vous cette science ?

— De feu mon père. Mais laissez-moi ajouter que j'en sais beaucoup moins que n'importe lequel de ces pêcheurs que nous entendons parler du bar.

— Quand même ! Je vous ai vue hier manœuvrer votre beau voilier… Un voilier de bon marin…

Anne-Flore releva fièrement la tête :

— Bien que datant d'avant-guerre, il est vrai que le *Narval* fait encore de l'effet. Il fut particulièrement admiré en 1938 aux régates de Cowes où un de mes oncles le racheta et l'aménagea quelque peu. Mais c'est un navire auquel il faut imposer sa dictature de la quille à la pomme du mât ! Un de mes cousins, excellent skipper, qui me l'amena ici de Brest, eut, seul, les pires difficultés !

— Alors, Mademoiselle, je vous complimente d'autant plus, ainsi que votre amie. »

Maëlle, bien que ne pouvant se départir d'une certaine prévention envers la romancière, fut sensible au compliment et renvoya la balle en interrogeant la femme de lettres sur ses activités. La discussion devint littéraire, et, en écoutant ces trois femmes, Sibylle d'Heudicourt ressentit un malaise sournois qu'elle imputa d'abord à sa timidité qui, d'une manière ou d'une autre, l'excluait souvent des conversations, avant de se rendre compte que c'était une forme indéfinie de peur qui s'insinuait en elle. Oui, ces femmes lui inspiraient une crainte diffuse qui lui rappela une angoisse qui l'avait assaillie de nombreuses années auparavant, lorsque ses parents l'avaient pour la première fois emmenée au théâtre : celle que les acteurs ne sachent pas parfaitement leur texte et s'embrouillent dans leurs répliques.

# V.

Étienne Coureau venait d'achever son récit.

— Bizarre, admit Monsieur Rosanno. Qui avait intérêt à supprimer les articles afférents à cette histoire de 1881 ? Je suis aussi surpris par ce que vous a rapporté le préposé aux archives : les visites successives de deux personnes arborant le même symbole ! Cela paraît pour le moins extravagant, on dirait du Ponson Du Terrail...

— En effet. Mais le bonhomme ne semblait pas être un détraqué.

— De toute façon, c'est bien là le seul début de piste que nous ayons... Alors, j'irai voir ce type.

— Je crains que vous n'en tiriez rien. Moi-même...

Il n'acheva pas sa phrase : dans le couloir se faisaient entendre des bruits de pas et de voix. On se couchait tôt, à l'hôtel des Vagues.

— Dites-moi, reprit Rosanno, avez-vous pu vous faire une opinion sur les hôtes de cette auberge ?

— Que désirez-vous connaître ?

— Vos impressions, simplement.

— Croyez-vous que l'un de nos voisins soit mêlé à cette intrigue ?

— Je ne dois rien négliger. D'abord, que pensez-vous des propriétaires de l'établissement ?

Coureau se tut un instant, parut écouter s'il ne venait personne, puis sa voix s'éleva dans le silence morne de la chambre.

— Des gens de peu de relief, à mon avis. Une femme insignifiante, un mari sans surprise, mais sans doute plus cultivé qu'un simple aubergiste. Il est adjoint au maire et semble avoir quelques prétentions électorales.

— Vu. Les domestiques ?

— Rien à en dire.

— Venons-en aux clients. Madame Ripeyroux ?

— Elle n'est pas antipathique et ne crache pas sur la dive bouteille. Hormis cela…

— Alors, je suis plus informé que vous. Elle signe ses livres sous le pseudonyme de Claire Madec. Cela vous dit-il quelque chose ?

— Vaguement. J'ai dû lire un de ses ouvrages.

— Au surplus, elle est connue de nos services, car, avant-guerre, elle a causé plusieurs accidents de voiture, heureusement sans conséquence graves : elle conduisait ivre morte des voitures de sport ! Je puis vous apprendre aussi que la guerre la surprit en Suisse, où elle resta, et ne réapparut qu'en 1946. Elle avait un frère, décédé récemment, industriel en Bretagne, d'où, peut-être, son séjour ici. Hormis dans les milieux parisiens snobs, elle ne fait plus guère parler d'elle. Mais son dernier ouvrage, *L'âme meurtrie,* a été un succès.

— Mais c'est une véritable petite conférence que vous venez de faire là ! J'en ai soif pour vous !

Étienne Coureau déboucha une flasque de gin. Ils se servirent, burent une gorgée, puis l'inspecteur repris :

— Que vous inspire ce Brice d'Heudicourt ?

— Antipathique. Prétentieux. Peut-être tourmenté. Inquiet sans raison apparente. Semble n'être pas à son aise ici, et pourtant il y séjourne.

— Son épouse ?

— Charmante, cette petite Sibylle ! Mais fragile, vibrante comme un cristal, un peu farouche à la manière d'une collégienne trop tôt mêlée à la vie adulte. Effet de la guerre ?

Rosanno songea que Madame d'Heudicourt paraissait avoir impressionné son interlocuteur.

— Madame Wiener ?

— Hum… c'est une tâche délicate que d'en parler. C'est peut-être la plus étrange du lot, mais il vous faudra vous fier à mon flair pour que je vous en parle.

— Alors, que vous a appris votre « nez » ?

— Quelques impressions… je vous les livre pour ce qu'elles valent… Sans doute élevée d'une manière déplorable, non au niveau social, mais pour la mentalité. Probablement méchante, sûrement égoïste, orgueilleuse, menteuse, insatisfaite, malgré un fond intéressant, voilà ce que je pense de cette jeune femme.

— Diable ! Et que vous inspire son amie, Mademoiselle de Kermeur ?

— Insaisissable. Paraît parfois attristée… A l'air de n'aimer que la mer et sa compagne.

— Amour saphique ?

Le détective hésita un instant, semblant analyser ses impressions.

— Je l'ai cru d'abord, en effet. Maintenant, je n'en suis plus si sûr. Il y a entre elles un lien indéfinissable qui n'est peut-être pas d'ordre sexuel.

— Je pense vous comprendre. Mais, à votre avis, que fichent-elles ici ?

— Comment le savoir ? De plus, je vous avouerais qu'il m'est impossible de comprendre de quelle manière ces gens seraient compromis dans ces escamotages. Pour ce que j'en sais, malgré mes dons d'observation, rien dans leur attitude ne peut prêter à équivoque, sauf…

— Sauf ?

— Oh, un détail. Avant-hier, comme beaucoup, j'ai été réveillé par l'agitation au moment du retour de l'*Andrea*. Aussi, on ne se refait pas, je me suis habillé en vitesse et je suis descendu sur le port pour connaître la raison de ce remue-ménage et laisser traîner mes oreilles. Il était très tôt, et jugez de ma surprise de trouver parmi les pêcheurs Monsieur d'Heudicourt. Nous nous sommes parlé, il m'a expliqué sommairement que, comme moi, il avait été réveillé par le bruit et que la curiosité l'avait poussé à venir voir. Rien que de très normal, en fin de compte.

— Quelle était son attitude ?

— Je n'ai rien remarqué de particulier.

— Je tâcherai quand même d'approfondir cela. Il se fait tard, Coureau, je vais vous laisser. Nous aurons certainement le loisir de continuer cet entretien…

Étienne marmonna quelques phrases polies. Visiblement, son esprit était subitement ailleurs, comme s'il venait de se souvenir d'un fait dérangeant.

L'inspecteur prit congé et se retrouva sur le tapis ocre à ramages qui recouvrait le sol du corridor. Il se dirigea vers sa chambre, située à l'extrémité de l'étroite galerie, marchant dans une demi-pénombre, s'arrêtant d'un coup devant une porte qui n'était pas la sienne.

Des éclats de voix assourdis par les murs et les tentures montaient de derrière le battant. Bien qu'il ne puisse saisir le sens des mots prononcés, il lui apparut que deux voix s'affrontaient, aux tonalités différentes, l'une plaintive, presque misérable, l'autre tour à tour courroucée et implorante.

« La chambre des d'Heudicourt, si je ne m'abuse », songea-t-il en regagnant la sienne. À dire vrai, il n'aurait pas détesté connaître les motifs de l'affrontement du jeune couple. Cela avait peut-être un rapport avec son enquête ?

Tout en se changeant pour la nuit, il réfléchissait à tout ce que lui avait dit le faux journaliste. Peu à peu, un fait qui ne pouvait être une coïncidence s'imposa à son esprit. Il s'étonna même de ce que l'indéniable sagacité d'Étienne Coureau n'ait pas mis en lumière cette concordance. Très certainement, les événements présents étaient analogues à ceux qui s'étaient déroulés en 1881. Cette date venait donc onze années après la guerre de 1870. Or, ce qui se passait en ce moment, en 1956, venait également onze années après la fin du grand conflit mondial.

Comment se faisait-il qu'à soixante-quinze ans d'intervalle, des marins disparaissent en mer, onze années après la fin d'un sanglant affrontement franco-allemand ?

# CHAPITRE 4

## I.

De hautes draperies noires semées de larmes d'argent étaient tendues le long des murs de l'église gothique. Une odeur d'étoffe, de cire et de moisi emplissait le lieu saint.

Venue pas petits groupes de la lande et du village, la foule grossissait constamment, se scindant en deux en entrant dans l'église : les hommes d'un côté, les femmes de l'autre, à la mode paysanne. Mais personne n'entamait la conversation avec ses voisins, comme cela se passait durant la messe du dimanche, le silence régnait, seulement troublé par les bruits de chaises et de pas. Nombre de femmes arboraient la coiffe traditionnelle dont la dentelle d'un blanc immaculé contrastait d'avec le noir des costumes des tenues. Lorsque la nef fut emplie, tous les murs étant frôlés par des épaules, l'office commença. La flamme des hauts cierges luisait.

Discrètes, Anne-Flore, Maëlle et Sibylle d'Heudicourt s'étaient installées au fond, tout comme Étienne Coureau et l'inspecteur. L'arrivée des « étrangers » n'avait donné lieu à aucune manifestation, comme si ceux-ci n'existaient pas. Avant de se recueillir, Mademoiselle de Kermeur, promenant un vague regard sur l'assistance, fut frappée par l'air de ressemblance de ces gens.

Le prêtre, un homme d'une soixantaine d'années, qui avait dans le visage beaucoup de ravines, beaucoup de douleur sculptée, et des yeux d'azur où se lisait cette transparence d'âme qui embellit la décrépitude et l'explique, prononçait maintenant l'éloge funèbre d'une voix grave, émaillant son texte de citations faisant parfois allusion au passé de résistants des Kerouer père et fils. Ses intonations étaient celles d'un prédicateur, d'un missionnaire.

*« Il descend avec nous jusqu'au plus profond de l'abîme... »*

*« La mort seule, Sa mort, vaincra la mort... »*

Maëlle se sentait remuée au plus profond de l'âme. Elle avait relevé la tête et, paraissant écarter tous les visages qui la précédaient, elle avait vu les yeux perçants de l'officiant se poser sur elle en un avertissement muet, indéchiffrable. Elle se masqua le visage de ses mains. Assise auprès d'elle, Anne-Flore sentit la tristesse mêlée d'angoisse qui imprégnait son amie.

Par souci de discrétion, les trois jeunes femmes quittèrent sans bruit l'église après la communion, se retrouvant sur la place déserte, celle d'un village depuis longtemps fui par ses habitants. Seuls les cris de quelques mouettes déchiraient le silence. Aucune d'elles n'osait parler, encore sous le choc de la cérémonie, troublées aussi par la désespérance diffuse qui émanait de la solitude de ces maisons vides que l'on pressentait pourtant faites pour héberger la vie. Enfin, Mademoiselle de Kermeur se décida :

— Nous rentrons à l'hôtel, Madame. Vous joignez-vous à nous ?

— Appelez-moi Sibylle, ce sera plus simple. Si vous le permettez, je préfère marcher seule quelques instants.

— À votre aise, Sibylle, dit Anne-Flore, qui suivit des yeux la fine silhouette s'éloignant vers le port.

Pensives, silencieuses, elles entreprirent de remonter vers l'hôtel des Vagues par de petites ruelles pentues, aux pavés disjoints, n'accordant aucune attention à de légers bruits qui retentissaient derrière elles : se dissimulant entre les maisons basses, quelqu'un les observait.

Arrivées en vue de l'hôtel, elles s'arrêtèrent. Maëlle venait d'agripper le bras de son amie et levait vers elle un visage subitement démasqué, éloquent et dépouillé de tout ce qui n'était pas sentiment de l'âme. Mademoiselle de Kermeur se pencha vers elle :

— Tu as choisi ?

— Oui.

Une peur immense déferla sur Anne-Flore. Lorsqu'elle se retira, la jeune femme posa sur sa compagne son regard d'un gris devenu d'argent et la prit par l'épaule.

— Repartons.

Tout comme le village, l'auberge semblait déserte. Seule, au salon, la romancière lisait un livre en allemand. Entendant du bruit, elle héla les deux amies qui vinrent auprès d'elle.

— Je tenais à vous faire savoir que je suis de tout cœur avec ces braves gens. Mais ces messes mortuaires m'épouvantent… Vous me comprenez ?

— Bien sûr, Madame. Nous-mêmes sommes assez éprouvées, dit Anne-Flore aimablement.

— Après ce genre de cérémonies, il est sain de se changer les idées, ne trouvez-vous pas ?

— En effet, dit Maëlle en se tournant vers sa compagne. Crois-tu qu'il serait malséant que nous sortions le *Narval* tantôt ?

— Maintenant que cet office a eu lieu, je pense que nous le pouvons. Désireriez-vous vous joindre à nous, Madame ?

Seule une politesse instinctive avait dicté cette invite à Anne-Flore qui, d'ailleurs, supputait que la réponse serait négative. Mais, à sa surprise, sa proposition fut agréée.

— Je crains toutefois d'être un fardeau pour vous… dit la romancière après avoir remercié.

— Ne craignez rien : nous ne naviguerons qu'une heure ou deux, et le ciel est clément.

— Alors, c'est décidé.

Quelques instants plus tard, en leur appartement, Maëlle reprocha cette invitation à son amie qui s'en expliqua :

— Je crois nécessaire que l'on ne nous voie pas toujours seules sur le *Narval*.

— D'accord. Mais j'aurais préféré emmener Sibylle.

— Ce n'est que partie remise.

— Oui, tu as raison, nous ne sommes pas si pressées de mener à bien nos projets. »

## II.

Dans un coin de la salle à manger, le faux journaliste et l'inspecteur déjeunaient en tête à tête.

— Puisque nous allons collaborer, avait dit le policier, autant que cela soit en plein jour.

— Avez-vous noté les allusions qu'a faites le curé aux faits de Résistance des Kerouer ? demanda Coureau.

— Oui, bien sûr. Cela vous suggère-t-il quelque chose ?

— Les Guilloux, ceux du *Goéland,* avaient également été dans le maquis…

— Je vois où vous voulez en venir. Ces disparitions pourraient être liées à des événements qui se seraient déroulés pendant la guerre.

— Oh, oui, Dieu sait quelles rancunes ont pu se tisser durant l'Occupation, surtout dans un bourg si petit !

— Résistance, complots, trafics, sabotage ?

— On peut tout imaginer. Ce n'est qu'une hypothèse, mais qui pourrait constituer un point de départ, non ?

— Certes.

— Je serais vous, je questionnerais notre hôte. Il semble être au fait de tout ce qui s'est passé et se passe actuellement à Plouarguen.

## III.

Jules Rosanno se trouvait en face de l'entrée de la petite maison des Kerouer. Il avait d'abord été visiter les Guilloux, mais n'avait rien pu apprendre d'utile. Il lui semblait qu'on avait dressé un mur devant lui.

En réponse à son coup de cloche, la porte lui fut ouverte par une femme sans âge définissable, vêtue de noir, les yeux cernés, qu'il devina être une des veuves. Il s'excusa de venir la troubler en ce jour funeste, se présenta, puis sollicita la faveur d'un entretien. Un homme au visage buriné parut derrière la femme :

— Qui est-ce, Brenda ?

— Mon frère, dit-elle à l'inspecteur. Se tournant vers l'homme, elle expliqua : « C'est l'inspecteur de police. Il voudrait me causer.

— Bon, fais-le entrer.

Le Principal fut introduit dans une petite salle où trônait une longue table de bois massif, encore couverte des reliefs d'un repas succinct.

— Notre famille vient de partir avec ma belle-fille, qui est bien secouée… S'excusa la maîtresse de maison.

Toujours affable, pressentant que s'il brusquait ces gens, ils se fermeraient à ses questions, Rosanno s'excusa du dérangement qu'il suscitait, puis entreprit d'abord de leur demander des choses banales. Tantôt c'était le frère qui répondait, tantôt c'était sa sœur. Ayant achevé cet interrogatoire de routine, il aborda des sujets plus sensibles :

— Votre mari, Madame, se connaissait-il des ennemis ?

— Le pauvre ! Sûr que non !

— Votre fils ?

— De même.

— Pourtant, ils ont fait tous les deux partie des maquis…

— À quoi faites-vous allusion ? demanda le frère, soudain inquiet et hargneux.

Le policier décida d'arrondir les angles :

— Lorsque comme feu votre époux et feu votre fils on a été membre de la Résistance, on peut susciter rancœurs et jalousies…

— Mon pauvre Monsieur ! s'exclama la veuve, tout le monde ici en a été !

— Surtout à partir de 44, maugréa le frère à voix basse.

Peu désireux de s'aventurer en un tel terrain, l'inspecteur se tourna vers Madame Kerouer :

— Dites-moi, qui recruta votre mari et votre gars ?

— On sait pas.

Le visage du visiteur s'assombrit. Il sentait confusément sourdre dans le laconisme de cette réponse un aspect trouble, dissimulé, de l'affaire, qu'il devait temporairement renoncer à approfondir, sous peine de voir toutes les portes se fermer devant lui. Il se risqua seulement à avancer comme une possibilité :

— Peut-être le maire, Monsieur du Quério ?

— Ben… pourquoi pas ?

— Savez-vous où je pourrais le trouver ?

— Ni à la Mairie ni au Manoir. L'est rarement là… il fait des recherches… euh… scientifiques… Faudrait demander à l'adjoint…

— Monsieur Lepenner ?

— Oui.

Lequel ne serait sans doute guère plus bavard, pensa l'inspecteur, qui s'apprêta à prendre congé, dépité. La femme en noir l'accompagna jusqu'à la porte qui sentait le sel. À peine sorti, Rosanno se retourna :

— Madame, avez-vous une idée de la façon dont ont pu disparaître ces êtres chers ?

— La mer... ou Dieu... ou Satan... » Elle se signa.

Le battant se referma. Redescendant vers le port, le policier songeait qu'après Coureau, une seconde personne venait de mêler le Prince des Ténèbres à cette histoire de fous. Il haussa les épaules, comme pour oublier qu'un peu plus, il accordait créance à de telles élucubrations. Désabusé vis-à-vis de lui-même, il s'absorba dans la contemplation de l'aber.

Marchant au moteur qui émettait un grondement sourd, régulier, le *Narval* se lovait dans le port, voiles enroulées autour des guis, voyageant sur l'eau étale ainsi qu'une aube vers la promesse d'une clarté solaire. Devant le spectacle de ce cotre gracieux qui apparaissait comme foudroyé d'un rai de lumière sur la masse liquide, verdâtre, il ressentit une curieuse sensation de délaissement, d'exclusion, pareille à celle que l'on éprouve après avoir été par l'éveil évacué d'un rêve violent où l'âme s'était fourvoyée. À peine avait-il été traversé par cette image rapide, d'une brutalité immobile, semblable à un éblouissement, qu'il se ressaisit et dirigea ses pas en direction du quai dépeuplé, décidé à profiter de l'occasion : jamais les skippers du *Narval* ne seraient ainsi à sa disposition.

Arrivé à la darse où mouillait habituellement le voilier, il attendit que celui-ci vienne se ranger le long de la maçonnerie. Madame Wiener le héla et lui lança le bout, un grelin sale et gras qu'il enroula autour d'une bitte d'amarrage.

« Merci », lui cria la jeune femme avant de rejoindre Anne-Flore qui tenait la barre. Le moteur fut coupé, et Madame Ripeyroux, habillée en marin, émergea des entrailles du bateau. Il fut étonné de la voir alors qu'elle se hissait sur le quai le long d'une échelle rouillée avec une vigueur surprenante chez une femme qu'il avait d'abord jugée décatie. Visiblement, l'alcool ne l'empêchait pas de cultiver ses forces physiques. Elle s'adressa à l'inspecteur avec un sourire de belette :

— J'espère ne pas avoir importuné ces deux jeunes filles… mais quel bon moment !

Du pont, Madame Wiener l'interpella :

— Vous plaisantez, Madame ! Vous vous débrouillez bien mieux que nous le pensions !

De fait, les deux amies avaient été surprises de la dextérité dans les manœuvres de cette femme qui avait prétendu tout ignorer de la navigation. Mise de bonne humeur par cette sortie, Maëlle s'adressa à l'enquêteur d'une voix qui portait loin :

— Vous venez visiter notre palace flottant ?

Du cockpit, Anne-Flore siffla :

— Tu ne vas pas courtiser un policier, maintenant ?

— Qu'elle est bête ! Fit Maëlle en souriant alors que l'inspecteur, ravi de cette aubaine, se laissait choir sur le *Narval*. On lui fit les honneurs de l'embarcation, puis Mademoiselle de Kermeur, un tantinet agressive mais n'oubliant pas ses devoirs d'hôtesse, l'invita à prendre un verre dans le carré, sans doute ainsi nommé parce qu'il était tout en longueur. Au prix de quelques ecchymoses et de légers traumatismes crâniens, Rosanno se glissa dans l'espace du soupirail qui permettait d'accéder au carré, lequel ouvrait sur le cockpit par un hublot rectangulaire. L'endroit, en dépit de son exigüité, fleurait le luxe avec des boiseries en loupe d'orme, des banquettes tendues de cuir fauve, une table des cartes en noyer poli. Malgré de vagues relents de fuel, on y sentait une intimité d'abri mince, une atmosphère paradoxale de veillée, d'attente lancinante de la fin d'une bourrasque.

Il lui fut servi un remarquable whiskey d'Irlande, et il aurait été parfaitement détendu s'il n'avait pas senti au contact de ces deux femmes se former dans son esprit des images imprécises, éclairs d'impatience, comme des chevaux qui se rassemblent et piétinent avant le départ. Cette impression équivoque participait d'un malaise diffus, comme une pesanteur épineuse. Il se força à parler de son enquête pour dissiper ces sensations.

— Voyez-vous, Mesdames, confia-t-il, le métier de flic n'est pas toujours très rose, hormis dans certains romans ! Regardez cette affaire de marins disparus…

— Vous finirez bien par vous en tirer, dit Maëlle sur un ton indifférent.

— Peut-être… À ce propos, vous n'avez pas une idée sur ce qui a pu se produire ?

— Tout dépend de ce que vous recherchez…

— Si je pouvais le savoir !

— J'imagine que l'on a mené des investigations ? demanda Anne-Flore, le visage tendu.

— Bien sûr ! Ici, on ne s'en est peut-être pas rendu compte, mais la police, la gendarmerie, la Société Centrale de Sauvetage des Naufragés, et même la Royale, n'ont eu de cesse de retrouver ces malheureux. Hélas, même les moyens les plus sophistiqués se sont avérés inopérants.

Mademoiselle de Kermeur se pencha vers lui :

— Quels secteurs ont été examinés ?

— En premier lieu, là où ont été trouvés les chalutiers, puis les recherches furent étendues aux zones où devaient se rendre ces navires. Même les gardes-côtes britanniques furent alertés…

— Justement, Inspecteur, justement ! Le *Goéland* fut, il me semble, retrouvé au large, mais une chose me frappe en ce qui concerne l'*Andréa* : ce bateau est parti il y a six jours. Or, un chalutier, même tirant son chaland, marche aux environs de sept-huit nœuds. Comment expliquer alors que ce soit non loin de l'aber qu'il ait été retrouvé avant-hier ?

Maëlle poussa une exclamation, le policier sursauta :

— Mais vous avez raison ! Ce fait m'avait complètement échappé !

— Peut-être a-t-il dérivé, hasarda Madame Wiener.

— Voyons, Maëlle, tu dis une bêtise ! Les courants l'auraient au contraire poussé vers le large ! Et il n'y a de vent d'ouest qu'en altitude…

— Effectivement, reprit l'inspecteur, ces disparitions paraissent de plus en plus suspectes. Mademoiselle, oserais-je vous demander ce que tout cela vous inspire ?

Anne-Flore prit son temps avant de répondre, un peu comme une élève qui n'aurait pas su sa leçon sur le bout des doigts :

— Ne dirait-on pas, Monsieur, que ces navires ont été comme escamotés durant plusieurs jours puis restitués sans leurs équipages ?»

## IV.

La nuit était venue sur le petit village frileusement replié dans le ventre de l'obscurité. Seules quelques lumières falotes, camouflées par des rideaux tirés avec soin s'entrevoyaient au rez-de-chaussée du bâtiment abritant les services communaux. Dans la salle du conseil, les visages étaient inquiets. L'atmosphère lourde, confinée, faisait parler les hommes rassemblés à mi-voix, et l'on sentait qu'ils éprouvaient de la gêne à murmurer.

Hervé Lepenner fut le dernier à entrer dans la mairie.

— Désolé, j'ai été retardé par mon service à l'auberge. Quel est le but de cette réunion ?

— En l'absence de M'sieur Du Quério, c'est bien vous le maire, hein ? Alors, on voudrait savoir c'que vous allez faire, c'que *nous* allons faire…

— Oui ! Qu'est-ce qu'on va devenir ?

— On va pas se laisser tuer !

— La guerre, c'est fini ! On va pas se laisser massacrer comme ça, sans raison !

— Si on nous a jeté un sort, faut l'savoir ! Et vite !

— Qu'entendez-vous par là ? demanda l'hôtelier.

— Vous croyez qu'c'est naturel, toutes ces disparitions ?

— La seconde fois en cent ans !

— De quoi on va vivre, si on peut plus pêcher ?

— Une malédiction, c'est pas autre chose !

— Ou une vengeance ! Y'en a qu'on pas digéré c'qu'on a fait aux Chleuhs !

— On est envoûtés !

— Allons, allons, fit Lepenner, ne nous laissons pas aller à l'affolement. La police est là et j'ai appris que la marine enquêtait de son côté sans lésiner sur les moyens. Même si de vieilles légendes ou des faits anciens peuvent nous effrayer, vous voyez que nous ne sommes pas abandonnés. Toutes ces recherches finiront bien par aboutir. Nous n'allons pas nous mettre tous à paniquer, alors que nous avons affronté ensemble d'autres périls. Laissez le temps aux autorités compétentes d'éclaircir ces tristes affaires. Et n'oubliez pas notre devise : *tenir.*

— Ouais ! Mais on m'ôtera pas de l'idée que tout ça, ça vient pas d'chez nous ! affirma le grand Yves, l'esprit fort du village, traduisant le sentiment général que seul un élément hétérogène avait pu attirer sur Plouarguen de telles catastrophes sentant le soufre.

— C'est l'Diable qui nous veut du mal ! Surenchérit un autre assistant.

— Pfuuiit ! Ce s'rait pas plutôt l'appât du gain, merde !

— Ta gueule !

— Silence, tous !

Une haute silhouette venait de se dresser, surmontée d'une trogne de tripier aux joues vineuses parsemées de petits boutons, mais aux yeux enfoncés luisants d'intelligence et de ruse :

— Nous ne devons pas parler de certaines choses, vous le savez ! Ne perdons pas la tête !

— Exactement, approuva Monsieur Lepenner, soulagé d'avoir quelqu'un à même de l'aider à apaiser les angoisses de la meute.

— N'empêche : faut qu'on soit exorcisés !

— Faudrait faire comme dans l'temps ! L'autel enfoui, il est pour ça !

— Non ! Vous êtes fous ! Nous ne sommes plus au Moyen-âge !

— T'es mal placé pour dire ça, Lepenner. T'oublies tout ce qu'on t'a appris dans l'histoire de Plouarguen : toujours, l'village, y fut sauvé comme ça...

La fièvre montait graduellement, et l'aubergiste ne voyait pas quoi faire pour ramener les esprits à la raison. Soudain, il eut une subite inspiration :

— Admettons que nous soyons ensorcelés. Dans ce cas, un seul homme peut nous aider : Monsieur le Curé.

— Il est contre nous…

— Contre ceux qui ont péché durant la…

L'homme se tut, se signa en murmurant : « L'autel enfoui… Personne ne sait où qu'il est… Fous ! »

Monsieur Lepenner reprit la parole :

— Soyez raisonnables : allons trouver l'abbé.

— Aux voix ! »

Le scrutin eut lieu à main levée. Une très faible majorité décida d'aller trouver le curé. Les autres rentrèrent chez eux en bavardant à vois basse.

Après que se furent éloignés les plus rebelles, un petit cortège se forma dans la nuit sombre, emmené par l'hôtelier en direction du presbytère.

De l'autre côté de l'aber, aux « Trois Mâts », dissimulé derrière une fenêtre ouverte, un homme observait à la jumelle la curieuse procession.

— Ils se décident enfin à bouger... » murmura le vieillard.

# CHAPITRE 5

## I.

L'inspecteur et le détective se trouvaient de nouveau tête à tête. Le policier avait d'abord raconté sa visite aux familles avant de relater son entretien au cotre. Informé de cela, Coureau prit la parole :

— Je crois avoir mis la main sur l'identité d'une des deux personnes susceptibles d'avoir ravi les archives du *Télégramme*.

— Bravo.

— savez-vous que je suis féru de photographie ? Je possède plusieurs appareils, dont un si petit, si discret, qu'il m'a servi à fixer la plupart des gens de ce village. Cela ne m'a, d'ailleurs, pas toujours été facile : ainsi, pour prendre nos amies Wiener et Kermeur, il m'a fallu, à la sortie de la Messe, les suivre avec des ruses de Sioux ! Donc, j'ai été présenter ces épreuves à l'archiviste. Il a reconnu une des clientes de l'hôtel.

— Qui ?

— Claire Madec, ou, si vous préférez, Madame Ripeyroux.

L'inspecteur émit un long sifflement :

— Intéressant ! Autrement dit, elle cache bien son jeu, car je ne me suis douté de rien, allant même à la désigner comme la moins suspecte d'être incriminée dans cette affaire…

— Notez que cela est peut-être vrai, du moins si l'on en croit la version qu'elle donne des faits. Ainsi, elle a reconnu avoir consulté les archives, mais a nié les avoir subtilisées. Selon ses dires, la disparition de l'équipage du *Goéland* pouvait donner matière à la trame d'un roman, d'où sa volonté de se documenter.

— Donc, d'après elle, les journaux étaient en état lorsqu'elle les a regardés… Quel jour ?

— Le six mars.

— Alors, ce serait le visiteur du sept qui aurait arraché ces pages… Parmi les photographies montrées au documentaliste, aucune n'a éveillé de souvenirs en lui ?

— Aucune. Mais, au sujet de la Madec, j'ajouterai quelque chose : j'ai repéré, en ville, une librairie très sérieuse, et le libraire, un érudit, m'a dit que ce genre d'énigme cadrait plutôt mal avec les sucreries politico-sentimentales à l'usage des shampouineuses de province que la romancière pond le plus souvent... « des écrits aussi superficiels qu'inutiles », ainsi les a-t-il qualifiés.

— Diable ! C'est là un jugement bien définitif... L'avez-vous interrogée sur le contenu de ces articles ?

— Bien sûr, et là, nous touchons un point troublant : selon Madame Ripeyroux, il n'y avait rien dans ces articles qui nécessitait de les faire disparaître.

— Peut-être vous a-t-elle menti...

— Je ne le pense pas. Alors, pourquoi avoir subtilisé ces papiers ?

— Et de manière aussi visible... Suivez-moi : pour un individu au fait de la vie à Plouarguen, il était indéniable que les récits du vieux marin piqueraient la curiosité des étrangers, vous ou moi, par exemple. En volant des archives innocentes, on nous forçait à leur accorder une importance qu'elles n'ont sans doute jamais eue. Autrement dit, on nous aiguillait sur une voie sans issue, on nous manipulait.

— Possible... mais encore faut-il définir ce « on ».

Ils restèrent quelques instants sans dire un mot. En contrebas de la falaise, des mouettes piaillaient sur l'océan trop paisible. Étienne surmonta ce vacarme répétitif :

— Autre chose : vous vous souvenez que je vous avais parlé de ce symbole géométrique arboré, selon l'archiviste, par Madame Ripeyroux comme par le voleur ? Oui ? J'ai interrogé la romancière à ce sujet. Elle n'a fait aucune difficulté pour me montrer le pendentif en question, fait par un grand joaillier parisien, Van Daar. Du beau travail, et cela me surprend qu'il existe un autre bijou reproduisant le même motif…

Le principal sourit finement, histoire de laisser son interlocuteur se pénétrer de ce qu'il allait lui révéler.

— Savez-vous, Coureau, que j'ai pris des renseignements sur toutes les personnes impliquées de près ou de loin dans cette galère ? C'est le cas de le dire…

— Je m'en doute. Alors ?

— Sachez qu'avant de se retirer prématurément des affaires à la suite de la guerre, l'époux aujourd'hui séparé de cette charmante Maëlle Wiener était joaillier. Le patron de la bijouterie Van Daar.

## II.

Madame d'Heudicourt avait retrouvé son climat favori : l'attente. Le visage fixe, immobile comme un marbre, les yeux rivés sur le port déserté, elle était plus belle que jamais ainsi anxieuse, offerte aux embruns charriés par la bise sur la terrasse de l'hôtel des Vagues. Nul n'aurait pu dire ce qu'elle guettait là. Une ironie pleine d'amertume tordait par instants sa bouche aux lèvres blanchies. À la voir ainsi, seulement éclairée de temps à autre par quelques invisibles étincelles de rancœur dans la lumière poudreuse d'une fin d'après-midi, sa jeunesse se faisait si inexprimablement enfantine qu'elle semblait demander un protecteur qui se refusait à paraître, qui ne pourrait plus, elle s'en doutait, monter en scène.

Une écharpe claire parsemée de petites fleurs ceignait son cou, masquant les marques humiliantes des flétrissures reçues. Oh, pourquoi avait-il fallu qu'elle devine que son époux ne s'était rendu en ce lieu qu'avec le dessein de revoir une ultime fois celle qu'il aimait avant ces épousailles contraintes ?

Dois-je me tuer ? Le veut-il ?

Elle manqua pleurer, tant ses sens étaient exacerbés, puis elle se reprit et fixa l'aber. Maëlle venait de sortir de l'hôtel, enveloppée d'un ciré présageant des coups de tabac à venir. Une onde de gêne, d'incompréhension, les relia l'une à l'autre. Lorsqu'elle se dissipa, il sembla à Sibylle qu'elle se trouvait soudainement libérée de l'obligation de donner le change, comme si elle pouvait dorénavant tout se permettre avec la facilité à la fois grisante et pernicieuse d'un ectoplasme.

Elle marcha à grandes enjambées vers la jeune femme qui leva vers Sibylle un visage égaré. Son regard se posa sur celui de Maëlle, et ce qu'elle pressentit y déchiffrer la glaça.

— Pourquoi me regardez-vous ainsi ? Qu'est-ce que j'ai ? demanda Madame Wiener d'une voix sourde.

Sibylle baissa les yeux, se détourna et revint vers le bâtiment devenu apaisant de l'auberge, comme s'il était un havre douillet à la sérénité d'une chapelle sous l'orage.

Son visage bouleversé surprit Étienne Coureau qui s'apprêtait à sortir. Il se rua à l'extérieur, poussé par un instinct qu'il n'aurait pu clairement identifier, embrassa la terrasse vide d'un coup d'œil, se dirigea vers la rambarde de pierres crénelées et promena son regard en contrebas, distinguant Maëlle qui marchait à pas mesurés vers le *Narval* où se devinait la silhouette tremblotante de Mademoiselle de Kermeur s'activant avec des gestes d'une brusquerie inaccoutumée sur le pont dûment raclé.

La mer parut s'embraser soudainement, un gouffre rouge, venu d'un soleil plein coupé de sillons brumeux, inondait de somptueux brasiers denses les eaux de l'aber comme prises au piège de ces voiles carminées qui transmuaient leur nature avec une violence inouïe, comme si l'eau, devenue prisonnière de la lumière, s'abolissait dans le festoiement du ciel.

Le phénomène prit fin avec la brutalité d'un rideau promptement rabattu, une caverne sombre sembla se refermer sur les falaises. Étienne, encore frappé par l'inaltérable beauté des images qu'il venait d'observer, resta quelques instants sans réagir, puis, ses sens revenus, courut vers le parking de l'hôtel, d'affreuses prémonitions tenaillant son esprit.

# III.

Le curé venait d'achever une lettre pleine d'alarmes à l'adresse du maire de Plouarguen. Il se leva après avoir cacheté l'enveloppe, alla dire une courte prière dans le petit oratoire qu'il s'était aménagé à proximité de sa chambre, puis, d'abord distraitement, regarda le paysage qui se découvrait depuis le presbytère.

Il vit le *Narval* disparaître à l'embouchure de l'aber, seul navire à braver la malédiction qui s'était abattue sur les marins du village.

Non ! Une petite barque de pêche commençait elle aussi à faire route vers le large.

Intrigué, le prêtre se pencha vers la fenêtre jusqu'à coller son visage à la vitre, mais l'embarcation était trop éloignée pour qu'il pût l'identifier avec précaution, de même que la silhouette qu'il voyait s'activer à la barre.

Une silhouette qui ne lui était pas familière.

# CHAPITRE 6

## I.

Les plis du manteau liquide noircissaient progressivement. L'étrave du *Narval* semblait fendre des ombres d'encre parfois parées à la lueur d'un reflet de la coque claire de fugaces perles argentines. Ce demi-nocturne, surprenant pour l'heure, si subit après ces fontaines multicolores jaillies du ciel, paraissait trotter le nez au vent, se coller avec tous ses effluves d'air assombri par d'invisibles futaies autour du cotre, tout à la fois l'isolant du reste des flots et l'exilant à la limite des contrées de l'océan.

Maëlle laissa filer l'écoute de bâbord du foc afin de le faire changer de bord, puis alla enrouler l'écoute de tribord, sans vraiment approuver le désir de sa compagne de filer le plus vite possible par ce temps qui était comme insalubre, peuplé de vagues relents d'oppressants mystères. Cela ressemblait à une fuite en avant. Elle leva les yeux vers Anne6Flore qui manœuvrait la barre, et il lui apparut que la lueur farouche, nouvelle, qui se découvrait dans le regard de son amie l'avait rendue d'une joliesse inconnue, d'une beauté nostalgique et déterminée, faite de tendresse atteinte et de sauvagerie. Avec une naïveté désarmante, Madame Wiener retrouvait ce que des strates d'amour-propre, d'égoïsme, de narcissisme, lui avaient maintes fois dissimulé : la nature indomptable, rebelle, de sa camarade.

La jeune femme fut prise d'un frisson plongea son regard dans celui d'Anne-Flore, en une prière muette très humble, parcourue de craintes enfantines, oubliées, mais affleurantes avec l'atroce engagement que procure la certitude d'une complicité involontaire. « Si je pouvais reculer… » pensait-elle.

Un cri de Mademoiselle de Kermeur l'arracha à sa méditation. Elle se précipita vers sa compagne qui avait soudain pâli :

— Anne-Flore ! Anne-Flore ! Qu'est-ce que tu as ?

— Aïe ! Je ne sais pas ! La barre m'a échappé d'un coup, et je l'ai reçue sur les mains.

— Comme si quelque chose avait heurté le gouvernail ?

— Oui, exactement.

Elle vit virer la barre à trente puis à quarante-cinq degrés.

— Tout semble normal, maintenant… Les Anglais ont raison de mettre le mot « bateau » au féminin, c'est vicieux, ces animaux-là.

— Tu veux que je te remplace ?

Ainsi fut fait. Le *Narval* filait prestement, ses voiles gonflées avec des souffles levés avec l'approche du soir qui, toutefois, ne parvenaient pas à écheveler les rideaux noircis qui ceignaient le voilier et inquiétaient les deux jeunes femmes. Il semblait que ces mouvements d'air aspiraient le reste du ciel comme des lèvres les bouffées bleuâtres d'une cigarette.

Madame Wiener barrait avec précision, redressant légèrement à chaque sursaut de l'étrave, sentant avec un frisson de plaisir le *Narval* frémir doucement dans ses superstructures lorsqu'un paquet de mer balayait la proue. Elle aurait aimé se coller à la barre, sentir le bois contre son corps, irradier le navire pour vibrer en sa compagnie.

— Maëlle ! Ton cap ! Redresse !

La jeune femme jura, furieuse.

— Mais je le tiens !

— Oh ! Attention !

Anne-Flore se rua en direction du compas et de la boussole. Ils indiquaient plein nord. D'un ton sarcastique, elle demanda à sa compagne s'il s'agissait bien là de la direction décidée par elles deux, le large, l'ouest. Anne-Flore poussa son amie, s'installa à sa place, faisant virer le voilier. Ceci fait, elle se retourna vers sa camarade, qui regardait fixement le compas : il indiquait toujours le nord.

— Zut, alors ! murmura la jeune femme. Le gouvernail serait-il bloqué ? Impossible, il se manœuvre aisément. Le vent ? »

Elle scruta les voiles gonflées il y a peu : à présent, elles faseyaient. Entraîné par son élan sur une mer devenue d'huile en dépit d'une brise qui semblait se mouvoir au ras des flots, le *Narval* ralentissait doucement. Remettant les explications à plus tard, Mademoiselle de Kermeur bloqua la barre et entraîna son amie à amener la toile maintenant inutile.

Épuisées, elles s'étaient allongées sur le cockpit. Une noirceur compacte, une sorte de brouillard d'encre qui filtrait les sons, les entourait d'une chape charbonneuse qui rendait le navire et ses passagères inexplicablement touchées d'interdit.

Plus résistante que sa compagne, Anne-Flore veillait, luttant contre sa peur, contre l'endormissement, priant du bout des lèvres lorsque l'étreignait une angoisse insidieuse. À ses côtés, dans un demi-sommeil troublé, Maëlle gémissait parfois de terreur sans s'éveiller, ou adressait à cette atmosphère nocturne des sons inarticulés qui étaient absorbés par le ventre de la nuit dès qu'ils franchissaient ses lèvres bleuies.

Elles avaient tout tenté pour se soustraire à ce courant inconnu, impalpable, qui les entraînait vers une destination impossible à appréhender. Déjà affaibli par les ans, le moteur leur refusait tout service. Pas question de réparer dans la nuit… Une malédiction.

Depuis combien de temps étaient-elles les proies de ces ténèbres qui absorbaient même la lueur des feux de position ? Leurs montres s'étaient arrêtées, comme tous les instruments de navigation, depuis que le compas avait obstinément fixé le nord.

Au sein de cet antre, seul l'élément de Poséidon, froncé par des vaguelettes qui se brisaient sur l'étrave en clapotis sourds, paraissait encore vivre. La nuit sommeillait lourdement. Et dans ce monde perdu, seulement troublé par les soupirs de Maëlle, Anne-Flore savait que tout pouvait arriver. Au fur et à mesure qu'elle et son bateau s'enfonçaient dans ces solitudes confuses, inféodées à un hasard qui n'appartenait pas à ce monde, elle sentait son esprit plonger dans une expectative à la fois poétiquement rêveuse et remplie de craintes inexprimables, comme si, après avoir tout fait pour se sortir de cette irréelle situation, elle s'abandonnait avec fatalisme au déroulement énigmatique d'un film où elle aurait tenu le rôle d'un pantin de bois. De quelles profondeurs pouvait provenir cet anéantissement sournois de ses facultés de révolte, de lutte ? Elle secoua la tête à plusieurs reprises, les paupières closes, comme si on la souffletait pour la ramener sur terre, l'extirper d'un cauchemar. Un cri, comme un hululement de Maëlle, long, plaintif, la força à rouvrir les yeux, à regarder son amie à peine éclairée par la falote lueur du feu accroché au haut mât, dont les joues étaient striées de traces blafardes laissées par les larmes. Ses yeux tentèrent de déceler une présence dans l'horizon noir, éteint.

Mademoiselle de Kermeur se crispa. Une lumière, oui, une lumière venait de mourir non loin. Rêvait-elle ? Fugitive, la lueur réapparut avant de s'engloutir de nouveau. Une fois, deux fois, trois fois… Un phare ?

Anne-Flore alla secouer son amie :

— Maëlle ! Regarde ! On dirait que nous avons de la chance : le courant nous pousse vers la côte, vers un port ! »

## II.

Comment réussirent-elles, sans aide, dans ce port endormi, flou, comme échappé d'un songe, à manœuvrer le *Narval* contre des quais parcimonieusement éclairés par les feux du voilier, à l'attacher dans ce havre obscur, jamais elles ne le surent, de même qu'elles ne purent comprendre comment l'éveil les surprit dans la salle nue d'une maison à demi ruinée, ouvrant sur les quais de bois. Peut-être eurent-elles le courage de marcher jusqu'à cet endroit pour s'y abriter...

Lorsque Mademoiselle de Kermeur fut tirée d'un sommeil moite, il lui sembla entendre, comme venant des murs mêmes de la demeure délabrée, un pleur inarticulé semblable à ceux qui avaient fugacement troublé sa seconde nuit à l'hôtel des Vagues. Un instant, elle crut avoir été la proie d'un songe et se trouver toujours dans sa chambre, mais il lui apparut que rien ne pouvait sembler plus froid, plus vide, que la pièce où elles s'étaient réfugiées. C'était une maçonnerie grise, un sol de terre battue suintant d'humidité, un plafond de poutres noircies, un âtre depuis longtemps abandonné. Maëlle, qui venait de bouger à ses côtés, frissonna en découvrant de ses yeux encore alourdis le caractère inhospitalier de cette chambre de fortune.

Elles avaient froid, elles avaient faim. Mais, avant tout, la curiosité fut la plus forte :

— Pourquoi, comment sommes-nous venues ici ? Et surtout, où sommes-nous ?

— Sortons, suggéra Anne-Flore. Cette masure m'insupporte.

Ce qui s'offrait d'abord à leur vue, ce fut un ciel bas, grisâtre, immobile, qui se confondait avec l'océan que rien n'agitait, une espèce de gangue liquide. Puis elles découvrirent quelques laides bâtisses disposées en fer à cheval, comme repliées vers le sol, à demi ruinées, peureusement pressées autour d'une chapelle dont ne subsistaient que quelques arcs-boutants rongés par le sel, surveillées par une tourelle crénelée tapie dans un recoin du hameau. L'ensemble n'offrait pour tout dégagement vers le large qu'une berge glaiseuse prolongée par des pontons pourrissants recouverts d'une sorte de plasma butyreux qui, à leur extrémité, plongeaient à angle droit dans les eaux du port que nulle digue ne protégeait. Elles s'avancèrent avec prudence sur ce sol glissant vers le *Narval* paisiblement amarré, en prenant vaguement conscience que les alentours irradiaient quelque chose qui était radicalement, inexplicablement, anormal, comme si la matière qui composait ce décor triste proclamait sa précarité devant l'intensité d'une menace à venir, d'un danger latent. Seule la familiarité des formes du bateau soulagea leurs esprits, bien que Madame Wiener parût sur le point de pleurer. Ne voulant pas la laisser penser, cherchant à l'occuper, Anne-Flore aida sa compagne à descendre sur le pont, puis dans le carré, disant que leur priorité était de se sustenter.

Une fois restaurées, elles se regardèrent sans détour, chacune essayant de savoir si l'autre pouvait cacher quelque éclaircissement sur leur actuelle situation. Maëlle semblait moins tremblante, apaisée par le fait d'avoir mangé, mais on devinait qu'elle venait de passer des heures tourmentées : elle avait l'air de revenir d'un long voyage d'horreur. « Voyage en elle-même ? » songea Anne-Flore avec une ironie amère.

— Qu'allons-nous faire ? Repartir ? demanda Madame Wiener.

— Avant tout, situer ce foutu îlot. Ensuite, tenter d'expliquer ce que nous sommes venues y faire. Enfin, réparer le moteur. Il y a peu de vent, et je ne veux pas naviguer sans ce secours. S'il avait fonctionné, jamais « on » ne nous aurait amenées ici.

— Ce que j'aimerais connaître, c'est la nature de ce « on »…

— Il y a plus urgent. Va à la table des cartes, rapporte-les-moi avec un rapporteur breton et des pointes sèches.

Mademoiselle de Kermeur finissait son relevé lorsque Maëlle revint avec les documents et les ustensiles demandés. Anne-Flore se plongea alors dans le déchiffrage des cartes, son visage se rembrunissant au fur et à mesure que progressaient ses recherches. Elle refit le point à plusieurs reprises, comparant ensuite avec les indications portées sur les cartes.

Le doute ne lui était plus possible : à l'endroit où, selon ses calculs, devait se trouver le *Narval,* la carte ne reproduisait qu'une immensité bleue.

# III.

La tour de guet.

Était-ce là que le feu salvateur qui avait brisé leur errance s'était allumé ? Autre mystère.

C'était un édifice vétuste, aux murs où courait une folle végétation endeuillée qui conférait à cette construction aux créneaux ruinés un vague relent de guet-apens qu'accentuait l'immobilité de l'air qui paraissait cesser de bruire autour de la tour, s'y confiner, engendrer une atmosphère de rêve où la marche du temps semblait suspendue.

N'est-ce pas curieux ? Nous sommes dans un monde perdu, seules et isolées ? Nous devrions frémir de peur, suer d'angoisse. Et rien de cela ne vous étreint, hormis une légère crainte. N'est-ce pas curieux, vraiment ?

Maëlle poussa la porte vermoulue qui révéla une pièce circulaire sombre que seuls de pâles reflets glauques éclairaient par plaques. On y distinguait un escalier de fer larvé de longues larmes de rouille.

Avant qu'Anne-Flore n'ait pu l'en empêcher, Madame Wiener s'engagea sur les

124

degrés. Ses pas produisirent sur l'escalier en déshérence un bruit de ferraille qui parut briser l'humidité pénétrante de la pénombre. Lorsqu'elle redescendit, elle arborait un air navré : « Aucune trace de feu nulle part ».

Son amie ébaucha un geste de lassitude. Puis elle lui dit « Viens vers moi et allume la torche. Il me semble avoir remarqué une sorte de vieille affiche, je voudrais l'examiner ».

Ce n'était pas une affiche, mais un calendrier aux feuillets jaunis d'où ressortait une date en lettres autrefois dorées.

1881.

## IV.

Dès que cette incroyable réalité eût été constatée, admise enfin, les deux amies eurent un mouvement de recul, comme si les horreurs d'un gouffre s'étaient soudain dévoilées devant leurs yeux apeurés. Cela ne dura qu'un très bref instant, puis leurs âmes s'apaisèrent, retrouvèrent une tranquillité presque inconvenante en ces circonstances.

— Ce calendrier a dû être amené par un des marins « disparus » en 1881, déduisit Maëlle.

— Oui. Et cela prouve que d'autres êtres humains abordèrent ici avant nous…

Ces paroles surprirent Madame Wiener : à quoi pouvait faire allusion sa camarade en introduisant cette notion d'êtres humains ?

Elles sortirent de la tourelle. L'apparence empreinte de gravité d'Anne-Flore démontrait que ces énigmes à répétition aiguisaient la réflexion de celle-ci, qu'elle ne s'avouait pas vaincue par cette succession d'étrangetés, qu'elle recherchait le fil conducteur qui donnerait un début de résolution claire et logique. Elle poussa un petit cri : « Maëlle ! Le calendrier ! Allons-nous le laisser là ? »

Quelques instants plus tard, Maëlle l'apportait à sa compagne qui le serra dans son caban. Elles reprirent leur marche, accompagnées encore de cette conviction sourde, inavouable, qu'elles vivaient dans un espace sans retour dont la seule présence pouvait expliquer qu'elles demeurassent ainsi sans crainte véritable, comme si de tout temps il avait été inscrit en elles qu'elles dussent vivre une telle aventure. Elles se regardèrent, et il leur sembla qu'une étincelle inconnue se consumait dans leurs yeux.

Arrivées en vue du port, elles s'arrêtèrent pour examiner les masures basses dont les toits moussus verdoyaient doucement dans une lumière qui diminuait... pour une matinée... mais n'était-ce pas déjà l'amorce du crépuscule ? Inexplicablement, le temps ne s'était-il pas resserré ?

Soudain, alertées par la sensation trouble que quelque chose venait de déchirer le silence qui jamais ne les avait quittées depuis leur arrivée sur l'île, elles portèrent leurs pas vers la jetée. Elles retinrent difficilement un cri de surprise : de grands oiseaux brillants, blancs avec des têtes pourpres et de longs becs mordorés, que l'on ne pouvait rattacher à nulle espèce connue, voletaient autour du *Narval* en faisant retentir dans le vide absolu du ciel de cris harmonieux qui semblaient venir des environs du cotre avec une précision diabolique. Ces sons les atteignirent, comme les multiples résonnances d'un cristal, au plus intime de leurs cœurs, les enveloppèrent de caresses électriques qui leur firent désirer que jamais ils ne cessassent.

Une lune jaillie de nulle part baigna d'un coup tout le paysage, tandis qu'un ciel d'encre balayait les nuages, absorbait les oiseaux, les abolissant — mauvais signe ? – imposant au regard des deux jeunes femmes un ciel d'anthracite où les étoiles prenaient leur place peu à peu, pour se ranger avec une exactitude quasi scientifique dans une carte sidérale où ne pouvaient même pas se reconnaître les plus connues des constellations. La nuit subite dispensait ses charmes morbides ; l'air fraîchissait. Après quelques minutes d'une attente muette, obstinée, ainsi que le guetteur qui pressent qu'il va percevoir les signes d'une alarme à venir, Maëlle offrit son visage à ces regards d'étoiles en se pressant contre son amie, murmurant :

— J'ai sommeil… Pourquoi ? Je ne le sais pas.

— Tu passerais des heures dans un lit !

La réponse d'Anne-Flore, qui claqua comme un coup de fouet dans le silence retrouvé, parut déranger quelque inexplicable ordonnancement, rompre le charme, avant de se dissoudre dans une moiteur levée avec cette nuit bizarre. De fait, leurs phrases résonnèrent comme confinées dans une chambre sourde.

— Que faisons-nous, maintenant ? questionna Madame Wiener.

— Fais de la lumière, et rejoignons le voilier. Il me faut tenter de réparer le moteur, si nous voulons fuir un jour cet endroit.

— Tu ne t'y plais pas ?

— Tu te moques de moi ?

La voix vibrait de rage contenue. Maëlle braqua sa torche sur le visage de sa camarade. Comme une première lézarde sur un édifice de marbre poli, un pli indéfinissable, presque une morsure cruelle, apparaissait au coin de la bouche de Mademoiselle de Kermeur. Ce signe semblait l'annonce difficilement exprimée d'une foudroyante altération des traits qui se chargèrent de ce qu'imprimait sur ce visage la dense horreur d'un séisme à venir, comme si l'âme tout entière venait de basculer dans un autre côté effrayant et obscur, à l'image de cette nuit devenant peu à peu inquiétante. Madame Wiener baissa les yeux.

De retour sur le *Narval,* Anne-Flore abandonna sa compagne pour se consacrer à la mécanique, domaine dans lequel elle était assez experte, sa passion pour les bolides en faisait foi. Après une heure d'efforts, le moteur émit un ronflement apaisant. Fatiguée, Anne-Flore alla procéder à quelques ablutions puis rejoignit Maëlle. Celle-ci, allongée sur une couchette, avait enfoui sa tête sous un oreiller, visiblement pour ne pas entendre le moteur et soustraire quelque peu son odorat aux effluves de gas-oil qui, parfois, l'indisposaient. À présent, elle dormait.

Mademoiselle de Kermeur s'approcha du corps assoupi, devinant que son amie devait être nue sous les couvertures, plus impudique ainsi que si sa nudité s'offrait du premier coup. La main d'Anne-Flore glissa sur le lin blanc, puis ses doigts saisirent un bras dévoilé, offert. Maëlle rejeta le petit oreiller, ouvrit les yeux, les referma avec un air buté, en se détournant pour mieux écarter la main de celle qui, pour vaincre l'hébétude que lui procuraient fatigues et inquiétudes, ne demandait qu'un peu de tendresse pour se libérer de la pesanteur alarmante des événements.

Alors, Mademoiselle de Kermeur regarda longuement la forme ensevelie sous le lin, puis brusquement la gifla à toute volée, cherchant d'abord les endroits les plus sensibles, les seins, les creux des cuisses, s'acharnant ensuite sur le visage, puis sur le corps tout entier qui se cabrait en arc de cercle, sautant parfois si haut sous les coups que l'on eût dit qu'il recherchait la brûlure de ceux-ci. Maëlle hurlait, sa bouche tuméfiée saignait, son visage, son cou bleuissaient, ses jambes essayaient de repousser Anne-Flore. Elle chut sur le sol, et son corps tressaillit sous les coups de pied dont il était accablé.

## V.

Le quai moisi étouffait les pas. La propriétaire du *Narval* y marchait en fumant nerveusement, n'ayant subitement d'autre but que de fuir ce port en déliquescence, elle cherchait à s'enfoncer dans les profondeurs de l'île, à y marcher jusqu'à l'anéantissement. Fuir, fuir ces rêves d'exploits impossibles, d'aventures innombrables, d'attentes de paysages inexprimables, participait d'une volonté inconsciente d'un recours aux forêts.

Sa torche n'éclairait que ses pas, et elle prit conscience d'être maintenant très éloignée du port sans pour autant avoir longuement marché, un peu comme si elle avait soudainement traversé un décor ou un champ magnétique. Seul un frissonnement parcourut son corps. Elle leva sa lampe afin de discerner ce qui l'entourait. Un bruit ténu, un bruit d'avant une lumière, la fit sursauter. Le flux d'une froide écume fondit sur elle comme si le moindre geste de sa part pouvait la faire basculer dans l'insoutenable. Le rayon lumineux démasqua une brume verdâtre, sorte d'antichambre de labyrinthe, qui donnait aux formes simplement évoquées d'un mur plein qu'éventrait un portail une opacité trouble, emplie de l'irréalité du viol d'une nuit.

Elle ne trembla qu'un court instant avant de s'enhardir à pas comptés en direction de la haute porte. Un pont-levis ? Au-delà, elle pressentit qu'était tapie une inimaginable noirceur qui ne lui serra pas les entrailles outre mesure. Ses facultés de peur réfléchie, de raisonnement instinctif, paraissaient sinon annihilées, du moins endormies. Osant ce que jamais elle n'aurait fait avec raison, elle franchit le seuil qui découvrit à ses yeux des arbres aux ramures courbées, accablées par la confuse toile d'araignée que tissaient le brouillard vert faisant office de firmament et les ramages entrelacés qui y serpentaient en arabesques venimeuses. Mue par un instinct presque animal, elle s'engagea dans cette forêt touffue, fétide, rance, dans ce monde mort, évadé du temps fini, devenu indépendant de la durée du monde entier. Elle secoua sa lampe, inspira profondément, de la bile monta à ses lèvres. Des senteurs prenantes de viscères en décomposition se mélangeaient à celles, presque métalliques, qu'exhalaient les troncs à l'écorce ravinée, sculptée en symboles géométriques par quelque main d'une inconcevable ancienneté. Elle tendit un bras devant elle afin d'éviter le contact gluant des branches basses suintantes d'humidité, et s'avança en traînant de plus en plus, comme si un instinct de conservation nouveau s'inoculait peu à peu en elle. Pourtant, elle continuait à progresser à l'aveuglette. Des brindilles molles qui s'affaissaient sous ses pieds donnaient au sol une consistance de bouillie répugnante, l'eau morte en tombant des ramures faisait un bruit de bête à l'affut, le frémissement morne et ininterrompu de la brume et des feuilles évoquait le lancinement d'une psalmodie obsédante et malhabile, l'air paraissait évadé du plus profond d'un puits glacé.

La jeune femme toussa, d'une toux trop forte, contrainte. Et, cependant, elle continua.

Peu à peu, elle eut conscience d'arriver à la lisière du bois. Elle se figea sur place. Une présence. Il lui était impossible de discerner quelque chose ou quelqu'un dans l'obscurité qui noyait le cercle en berceau que composaient les branchages noirs. Au surplus, sa torche vacillante ne dégageait que quelques coins d'ombre, éclairant le sol feuillu comme si elle craignait de la levée à hauteur d'homme.

Avec une brutalité presque tropicale, un demi-jour apparut derrière la cime des arbres, jouant avec les rondins, éclairant d'une lumière d'aurore indécise, d'eau dormante, la pénombre verte jadis descendue des rameaux épais, découvrant au regard d'Anne-Flore subjuguée par l'intensité du phénomène cinq linceuls couchés sur cinq pierres. Des gangues blanches et macabres émergeaient cinq visages méconnaissables, à la peau parcheminée traversée de nerfs qui lui parurent palpiter doucement. Une sixième pierre couchée attendait son mortuaire fardeau.

Brutalement alourdie d'une science surprenante, elle sut qu'il s'agissait là des hommes du *Goéland* et de l'*Andrea*. Elle hurla sans s'entendre crier, sa vue se voila de larmes de peur. Une fumée s'éleva, lui marquant les corps, comme s'ils s'évaporaient. Elle s'enfuit, le cœur soulevé, à travers les bois, courant d'un arbre à l'autre, se sentant devenir faible et démunie, sans armes pour dissiper l'horreur qu'elle venait de contempler. Elle haletait et, malgré le froid humide de cette aube impalpable, une sueur mauvaise, fétide, collait à ses tempes, glissait le long de sa poitrine, commençait à souiller son dos. Une brume rasante nappait le sol, enrobant les broussailles agrandies par la clarté blafarde. Au détour d'un bosquet, elle aperçut le mur opaque, gris, qu'aucune porte ne perçait. Les sens en déroute, elle le longea, courant à la recherche d'une issue, s'immisçant dans un espace vide, ondulant comme un serpent, solitaire. Des paroles se matérialisaient dans son esprit, sans que son oreille ne perçoive le moindre son que celui des chuintements du sol sous ses pas :

« Alors ? Tu crois peut-être que tu vas t'en sortir ? »

Sans cesser de courir, elle ferma les yeux comme si elle voulait à jamais oublier la pensée insidieuse qui cherchait à se frayer un chemin vers son esprit aux abois, à la faire douter, à l'inonder de noirceur et d'angoisse, une angoisse tout à la fois abyssale et puérile. Tous les muscles de son corps étaient douloureux, aiguisés, mis à vif puis frottés de vinaigre. Les paroles sourdes qui martelaient son crâne reprirent : « Tu es stupide ! Regarde donc qui est derrière toi ! », elle eut l'impression qu'une foule répétait ces injonctions qui pénétraient dans on esprit, l'empêchant de répondre, de parler, de penser. Une racine lui fit perdre l'équilibre et elle s'affala dans l'herbe molle et empuantie. Le choc lui fit perdre l'esprit quelques secondes.

Elle ouvrit les yeux puis se releva, comme courbatue, le bruit qui résonnait dans son crâne se dissipait. Le mur avait disparu, laissant la place à une lande pierreuse derrière laquelle se devinaient les toits moisis du hameau et, par-delà, les masses confondues en un voile gris de l'océan et du ciel. Dans son dos, le bois maudit ondulait, comme ignoblement satisfait. Devant ses yeux brûlants passèrent des images floues où elle crut revoir les six pierres, toutes surmontées de blanc. Puis elle s'efforça de reprendre le contrôle de ses pensées, de se concentrer sur le port, et son soulagement fut tel qu'elle demeura un instant immobile, reprenant son souffle. Sans savoir exactement pourquoi, Mademoiselle de Kermeur prit conscience d'avoir fait « match nul » avec un adversaire immonde, malfaisant.

Elle marcha en direction du village, encore parcourue de décharges électriques qui faisaient vibrer ses muscles. Au détour d'une masure, le port s'offrit à sa vue.

Vide.

Un long gémissement d'angoisse, d'incompréhension affleura à ses lèvres. Statufiée par l'horreur de ce néant, de ce cordon ombilical coupé, également par la haine qui sourdait en elle à l'encontre de Maëlle qui osait ainsi se jouer d'elle, Anne-Flore demeura un temps infini immobile, comme déjà morte, insensible aux cavernes sombres qui se creusaient dans le ciel crépusculaire, en un instant comblées par des globes voilés, éclairés en dessous par le reflet des eaux qui paraissait s'ériger en muraille liquide, comme si, mû par une invisible force, l'océan s'était rehaussé et absorbait le voile nuageux, mélangeant lambeaux de brume et flocons d'écume, comme si le ciel et la mer ne faisaient qu'un.

Anne-Flore prit subitement conscience d'un danger. Elle détailla, sans pouvoir bouger, la crête d'une immense cascade de mer, irréelle, impossible, mais qui s'avançait très rapidement, montait à l'assaut. À l'œil nu, la jeune femme en appréhendait maintenant la gigantesque étendue, la cyclopéenne hauteur, sa forme incroyable. Elle lui parut non seulement verticale, mais incurvée vers l'avant, de sa base au sommet d'où elle retombait dans le vide de l'océan en de hautes cataractes d'écume irisées par derrière d'une lueur improbable, hors du monde. Devant ce spectacle annonciateur de mort, elle cria comme une bête blessée, hurlement prodigieux, inhumain, où se mêlaient le désespoir et une volonté de vivre d'une rare sauvagerie, une rage enfouie depuis des millénaires : c'était le cri d'un grand fauve, celui du soldat résistant en un ultime combat contre la Camarde, le hurlement d'une âme qui refuse, répercuté de rocher en rocher, assourdissant. Un courant glacé se coula autour d'elle, la soulevant, la submergeant de bouillonnements terrifiants dans un bruit de destruction sauvage.

## VI.

Infiniment choquée, délirant, l'esprit visiblement atteint, Anne-Flore de Kermeur fut repêchée par le propriétaire d'un petit caboteur.

Le même jour, on aperçut le *Narval,* vide, dérivant sur l'océan toutes voiles carguées.

Le corps de Maëlle Wiener, lui, ne fut jamais retrouvé.

Toutefois, la version des faits que livra aux autorités Mademoiselle de Kermeur sembla à celles-ci sujette à caution : une enquête criminelle fut ouverte.

# DEUXIÈME PARTIE

# CHAPITRE 1

## I.

Dans la chambre impersonnelle d'un hôtel parisien doté de tout le confort moderne, Étienne Coureau dormait, les mains sous la nuque. Régulièrement, l'éclat rougeoyant d'un néon extérieur projetait sur son visage une lueur de sang. Malgré la fraîcheur, il avait laissé la fenêtre ouverte et négligé de fermer les volets. On entendait tomber la pluie… Une clef tourna dans la serrure, éveillant le détective qui resta longuement aux aguets, prêt à bondir. Plus rien ne se produisit : il avait sûrement rêvé.

Agacé, il sut qu'il ne pourrait se rendormir, sombrant seulement dans une légère somnolence qui laissait place aux rêves, aux visions, aux myriades d'images qui défilèrent devant ses yeux.

Tout d'abord, la sévérité d'une haute pièce d'un appartement de la rue de Rivoli, là où il avait fait la connaissance de Monsieur Wiener, lequel lui avait offert une petite fortune s'il condescendait — l'entretien avait été très urbain, le client était resté très déférent — à surveiller durant son absence de France l'épouse dont il était séparé, mais pour qui il gardait de l'affection, afin de prévenir toute funeste tentative que pouvaient lui imposer non seulement ses tendances suicidaires, mais aussi la néfaste influence de son amie Anne-Flore de Kermeur. Il avait accepté. Alors, le commandant Wiener lui avait fait part de ses réels projets.

Passèrent ensuite sous ses paupières closes de vagues reflets de son espionnage constant, de ses rapports à son client, des appréhensions dont il avait été la proie et qui l'avait amené à ne plus guère quitter les deux jeunes amies.

Mais, hélas, il n'avait pu empêcher ce pour quoi il avait été payé : Madame Wiener était morte, et il était à la fois triste de cette issue et furieux contre lui-même, bien que Rosanno, à qui il s'était confié, eût tenté de le déculpabiliser. Maintenant, il ne voulait plus qu'une chose : que la vérité éclate.

## II.

Très loin de la Bretagne, dans son appartement parisien dont les baies ouvraient sur Notre-Dame, Madame Ripeyroux ne parvenait pas, elle non plus, à trouver le sommeil : elle avait été plus affectée qu'elle ne l'avait montré par la disparition de Maëlle.

La célèbre romancière se retourna sous les couvertures, en proie à l'angoisse : jusqu'à quel point les enquêteurs pourraient-ils recoudre le très long et très embrouillé fil qui la reliait aux deux jeunes femmes ? Ou, du moins, à l'une d'entre elles ?

## III.

Une aube de pluie se leva sur la rade. De la fenêtre de sa maison des environs de Plougastel, le juge Briand embrassa d'un coup d'œil distrait le paysage, absorbé dès son réveil par l'affaire qui l'occupait. Il se prépara rapidement, pressé de se rendre au Palais.

Non, vraiment, jamais au cours de sa carrière de magistrat il n'avait été mêlé de près ou de loin à une histoire aussi démentielle ! Et, sans qu'il n'ose vraiment se l'avouer, le pire était qu'au plus profond de lui-même, une voix ténue s'élevait parfois afin de le persuader d'accorder créance aux élucubrations de cette demoiselle De Kermeur… Folie, oui, folie !

Lorsqu'il l'avait introduite pour la première fois dans on bureau, il avait été frappé par la dignité du maintien de la jeune femme, par la régularité de ses traits, par son expression de sérieux. Seuls de grands cernes autour de ses yeux avaient témoigné de ce qu'elle endurait. Sans passion, très posément, elle avait relaté au juge son abracadabrante aventure. Devant les précisions qu'apportait son interlocutrice en réponse à ses questions et, surtout, l'aisance naturelle avec laquelle elle se mouvait dans ce délire ou dans ce piètre système de défense, il avait senti s'écorner ses convictions premières.

Il avait, bien sûr, ordonné immédiatement des expertises médicales et psychiatriques, lesquelles s'étaient avérées décevantes : Anne-Flore était saine d'esprit. Sensible, émotive, imaginative, certes, mais dans des limites raisonnables et non préjudiciables à son équilibre psychologique. Donc, il ne fallait pas mettre ces errements sur le compte d'un dérèglement mental. Alors ?

Le juge l'avait laissée en liberté surveillée, et la jeune femme était hébergée à Brest par des cousins. Elle ignorait être l'objet d'une surveillance constante : or, chacun de ses agissements était on ne peut plus normal. Oh, peut-être disait-elle la vérité…

Cette aventure fantasmagorique, la vérité !...

Le juge gara sa voiture sur le parking du Palais et se rendit à son bureau. L'inspecteur Rosanno, chargé de l'enquête, l'y attendait :

— J'ai du nouveau et ai cru nécessaire de vous en faire part immédiatement.

— Allez-y.

— Tout d'abord, j'ai appris que le *Narval* a été suivi par deux embarcations lors de sa dernière sortie. En premier lieu par Coureau, qui obéissait ainsi aux ordres de Wiener — mais cela, nous le savons déjà – ensuite par un inconnu qui a pris la mer juste derrière le voilier et a été vu par le curé de Plouarguen.

— A-t-il pu l'identifier ?

— Non, il était trop loin. Mais son témoignage est irréfutable : selon le prêtre, un caboteur est parti juste après le *Narval,* à sa poursuite.

— Mais pourquoi ne nous l'a-t-il pas dit plus tôt !

— N'oublions pas, Monsieur le Juge, que ces six meurtres ont semé le trouble dans les esprits. Que ce détail ait été omis sur le moment par le curé n'a donc rien de bien surprenant. Selon lui, il s'agissait d'une silhouette qui lui était inconnue, ce qui écarte à priori les habitants du village. Mais le soir tombait, et l'abbé n'est plus tout jeune.

— Je pense que vous recherchez ce marin mystérieux ? Bien. Parlez-moi un peu de Coureau.

— Il m'a déclaré avoir pris son cris-craft au port voisin, où il l'avait loué, puis avoir tenté de retrouver le *Narval.* Ceci lui était possible, vu la vitesse de son hors-bord. Mais il a été pris par le brouillard et a fait demi-tour, c'est ce qu'il m'a confié.

Le juge alluma une cigarette et se renfonça dans son fauteuil :

— Inspecteur, je vais faire appel à votre intime conviction. Coureau figure sur ma liste de suspects. Alors, selon vous, l'ancien commissaire serait-il capable de tuer pour un commanditaire ?

— Non.

— Je vous remercie.

— Attendez ! Coureau, ancien policier, n'est pas devenu un tueur à gages, mais je suis convaincu qu'il ne m'a pas tout dit sur ses activités à Plouarguen. Sur le rôle de Wiener, par exemple…

Le juge inspira brièvement.

— Ah, en voilà un que sa disparition de France rend bien suspect à mes yeux ! Ne trouvez-vous pas que ce voyage, soi-disant entrepris depuis un mois sans qu'il ne soit jamais possible de le joindre, possède un relent d'alibi préfabriqué ? Jusqu'à nouvel ordre, ou si vous progressez dans votre enquête, je me dois de ne rien écarter, même si, à l'heure actuelle,

Mademoiselle de Kermeur demeure mon « coup sûr gagnant ».

— Pour le meurtre de Maëlle Wiener, ou pour les cinq disparitions ?

— Tout est lié, il me semble : les escamotages de marins, la disparition des obscurs occupants des « Trois Mâts », et la mort de Madame Wiener, la seule que plusieurs personnes avaient des motifs valables d'occire ?

Le Principal prit son temps avant de répondre :

— Voyez-vous, Monsieur le Juge, je ne crois pas aux coïncidences. Qu'un lieu unique soit le théâtre d'événements aussi tragiques ne me parait pas relever du hasard. Pourquoi ce petit port a-t-il été ainsi frappé ? Pourquoi, depuis la mort de Maëlle, n'y a-t-il plus de faits troublants à Plouarguen, comme si ce dernier meurtre avait été le point culminant d'une graduation dans l'horreur ? Non, à mon sens, tout est lié. De quelle façon, je l'ignore encore.

— Mais la disparition des cinq marins parait gratuite, si vous excusez ce mot, tandis que celle de Madame Wiener pourrait se justifier : elle drainait autour d'elle beaucoup de passion…

— Pas seulement. Mon adjoint, Morin, a été interroger Brice d'Heudicourt, soi-disant son ex-amant.

— Il ne l'était pas ?

Le policier esquissa un sourire :

— Madame Wiener avait un passé plutôt trouble. Pour tout dire, consciente de son attrait et désireuse que les hommes compensent les… services de son corps, elle se faisait payer par ses « amants ». Bien sûr, elle ne tenait pas commerce, mais enfin… Entre parenthèses, cela disculpe d'Heudicourt à mes yeux : venant de faire un mariage avantageux, il aurait pu être tenté de supprimer une ancienne maîtresse, mais pas une fille légère qu'il pouvait, lui aussi, faire chanter.

— Je plains Wiener… Selon vous, Anne-Flore de Kermeur était-elle au courant de cela ?

— J'en doute… L'autre ne devait pas s'en vanter.

— Cela aurait pu fournir un mobile à cette jeune femme : les psychiatres l'ont déclarée assez attachée aux valeurs morales…

— Si on devait inculper de meurtre toutes les personnes attachées aux « valeurs morales » qui ont fait ce pays, même le Vél'd'Hiv' ne suffirait pas à les regrouper…

Un moment lourd de souvenirs passa. Rosanno reprit :

— N'allez pas imaginer que je la crois innocente. Mais son système de défense est si ridicule qu'il pourrait presque la disculper ! Toutefois, Monsieur le Juge, les assassinats des marins me préoccupent autant.

— Moi aussi, croyez-le. Lorsque nous nous vîmes la première fois, je vous fis part de mes inquiétudes à venir concernant cette enquête, je la pressentais ardue… Chacun de notre côté, efforçons-nous de réunir un maximum d'éléments susceptibles de peu à peu nous éclairer. Assemblons le puzzle patiemment, nous y parviendrons.

— La solution de facilité, grogna l'inspecteur, ce serait de croire à une île ensorcelée et dispensatrice de mort ! »

## IV.

Situé non loin de Parthenay, le château de Clairville passait pour être une merveille de mauvais goût, enchevêtrement de maçonneries de pierres et de brique qui, de loin, lui donnait l'apparence du Palais Rose, mais de loin seulement.

L'intérieur valait l'extérieur. Assis face à Sibylle d'Heudicourt dans une salle qui se voulait italianisante, Étienne Coureau venait d'extraire d'une serviette de cuir une photographie que la jeune femme détaillait lentement, un cliché de groupe pris lors d'une réception mondaine. Son visage affichait un mélange de stupeur et de gêne. Elle rendit l'épreuve au détective :

— Je n'aurais pas l'audace, Monsieur, de vous demander comment vous vous êtes procuré cette photo. Puisque j'y figure, j'aurais mauvaise grâce à prétendre ne rien savoir de la réunion lors de laquelle elle fut prise. Mais je n'étais qu'une enfant à l'époque, et…

— Allons, Madame, fit doucement Coureau, je ne vous offrirai aucune échappatoire. La personne qui vous regarde sur ce cliché est

Maëlle Wiener. Donc, vous la connaissiez avant de venir à Plouarguen.

— C'est exact ! J'ai rencontré Maëlle Du Lyard à une soirée organisée par le rallye auquel nous appartenions toutes deux. Elle se maria peu après et je ne l'ai plus revue avant… Vraiment, je ne vois pas l'importance de ce détail !

— Pourquoi ne pas l'avoir dit avant ?

Le ton, cette fois, était franchement agressif.

— J'avais oublié…

— Non, Madame, non, vous avez sciemment menti. Pourquoi ?

— Vous n'avez aucun droit de me brutaliser ainsi ! Nous ne sommes plus sous l'Occupation ! Et ici, vous n'avez aucun pouvoir, vous n'êtes rien !

Sa propre violence, plus encore que la portée somme toute bénigne de ses paroles, laissa Sibylle pantoise, exténuée, et elle s'entendit dire :

— Vous allez sans doute être furieux contre moi ?

Son ton lui rappela ses intonations de fillette, lorsqu'elle demandant à sa sœur aînée : « Crois-tu que Maman va me faire fouetter ? »

Tout en répondant par une vague formule de politesse, Étienne réalisa que celle qui se trouvait en face de lui avait un lourd poids sur le cœur, la bouche était devenue inquiète et un geste nerveux lui faisait serrer ses mains sur ses genoux comme pour les empêcher de trembler.

— Oui, finit-elle par avouer, sur un ton las, j'ai dissimulé cela… Car j'avais deviné, j'avais senti…

— Vous aviez le visage bouleversé lorsque vous avez su que le *Narval* allait sortir en mer ce soir-là. Donc au moins vous le pensiez…

— En effet… Elles partaient pour se tuer, n'est-ce pas ?

— Peut-être… nous n'avons rien pu établir avec certitude.

— Pourtant… Regardez ces travestissements, sur la photographie : les masques mortuaires des *Amants de Montmorency*…

Ils se turent un instant. Puis Coureau attaqua sur un autre sujet :

— Quand avez-vous su que Madame Wiener avait été la maîtresse de votre mari ?

— Votre tact est charmant, Monsieur Coureau… Passons ! Je vais vous répondre franchement : ce fait n'a pour moi aucune importance, on ne peut exiger qu'un homme arrive vierge au mariage, n'est-ce pas ? De plus, vous ne devez pas ignorer qu'à cette époque Maëlle Wiener collectionnait les hommes comme d'autres les cartes postales ou les timbres-poste.

— Soit, vous n'aviez aucune raison de désirer sa mort. Mais votre mari ?

— Toujours votre délicatesse ! Que mes rapports avec lui soient délicats en ce moment ne m'empêchera pas de vous déclarer qu'il n'avait aucune raison de vouloir la mort de cette femme. En plus, je puis vous certifier qu'il ne m'a pas quittée de la nuit : j'étais bien trop alarmée pour trouver le sommeil.

Le détective était très tenté de croire la jeune femme, certain maintenant que sa tension n'avait nul rapport avec son interrogatoire. Satisfait d'avoir pu éclaircir l'étrange attitude de Sibylle lors de la nuit tragique, il se leva pour prendre congé. Madame d'Heudicourt se leva pour le raccompagner jusqu'au seuil.

Arrivé là, il se retourna vers elle :

— Une dernière chose, Madame. Je n'ai pu identifier le costume que vous portiez, sur la photographie. Auriez-vous la bonté de m'éclairer ?

— J'étais travestie en Reine de la Nuit, si vous connaissez l'opéra de Mozart [6] , entre autres…

— Ah… Une divinité tutélaire, destructrice de monstres, devenant ensuite une incarnation maléfique… Cela est assez symbolique, ne trouvez-vous pas ?

Longtemps, le regard de Sibylle suivit la voiture qui s'éloignait en cahotant sur les sentiers veinés de rigoles.

---

[6] *« La Flûte Enchantée »,* opéra de Mozart.

# V.

Le vaste appartement qu'occupaient les cousins de Mademoiselle de Kermeur étalait un certain faste : tapis de Perse, tapisseries flamandes, meubles du dix-septième siècle authentiques. Dans ce cadre rare, la jeunesse d'Anne-Flore semblait apporter quelques nuances irréelles de grâce et de légèreté. Il fallait aux viens parents qui l'hébergeaient faire un effort pour se rappeler tout ce qui se dissimulait d'appréhension, d'angoisse, de tendresse vaincue, derrière le masque blond qu'offrait la jeune femme.

Elle souffrait pourtant comme jamais elle n'avait souffert, c'était une douleur morale qui débordait jusqu'à devenir physique. Il lui semblait que quelque geste qu'elle fît dans sa vaste chambre, ses mains ne pouvaient rencontrer partout que de gros murs aux moellons rugueux, comme si elle se déplaçait dans un couloir étroit dont les extrémités se refermaient inexorablement à chaque tentative d'évasion pour former une impasse. Parfois même, comme si tout son être sombrait sans des espaces enchevêtrés, il lui apparaissait qu'elle se mouvait sur un autre plan, figure vivante confinée dans le cadre étriqué d'un tableau qui l'enfermait dans son propre cauchemar et faisait trébucher sa raison, la soumettant à de vertigineuses tensions de toutes ses fibres nerveuses, électrifiées jusqu'à devenir d'intenses points de douleur qui, lorsqu'elles se retiraient avec la brutalité d'un soufflet, la laissaient si exsangue qu'elle s'écroulait en de brefs sanglots.

Même morte, Maëlle continue à répandre la souffrance... Des mouettes passèrent en criant devant la fenêtre de sa chambre. Elle s'en voulut de ses calomnies posthumes, Maëlle n'avait pu être aussi mauvaise. Dirigée par l'instinct avec une assurance féroce, oui, c'était là une bonne définition...

## VI.

Les gerbes de l'incendie montaient très haut dans le ciel obscurci par les premières noirceurs de la nuit. Des hommes, sombres silhouettes sculptées par les hautes flammes, luttaient vainement contre l'incendie qui se propageait à une vitesse inouïe, rongeant en pagaille poutres et parquets, noircissant les murs, jonchant le sol de débris fumants.

Les « Trois Mâts » brûlaient.

# CHAPITRE 2

## I.

« Cette histoire me rendra fou ! » gémit le Procureur de la République.

— Il faut avouer que cet incendie criminel ajoute un mystère supplémentaire dont nous nous serions bien passés ! dit le juge. « Toutefois, à mon sens, cet acte ne nous aura pas été inutile, puisqu'il a poussé Coureau à enfin nous dire toute la vérité, à savoir que Wiener avait loué cette villa et s'y travestissait en vieillard pour se dissimuler. En fait, nous avons trop facilement admis que Wiener ne pouvait que de loin être impliqué dans cette affaire. Avouez que le fait qu'il se soit trouvé à Plouarguen en même temps que son épouse fait planer certains doutes sur l'intégrité de sa personne, tout comme sa disparition après la fin de la série de meurtres…

— En effet. Mais pourquoi toute cette mise en scène ? Les témoignages recueillis sur l'ancien joaillier sont unanimes : il était tout sauf un être retors. Ce fut un officier de valeur, un grand résistant, enfin un homme d'affaires dont chacun louait la probité. Qu'il ait pu changer à ce point ne laisserait pas de m'étonner, même si son mariage fut un échec. Mais il y a l'usage qu'il fit de déguisements, comme s'il voulait se dissimuler à son épouse ou à Mademoiselle de Kermeur…

— Il y a peut-être une autre raison à cela : le commandant Wiener était le chef d'un réseau qui officiait dès 1941 dans ce coin de Bretagne. Il a peut-être voulu qu'aucun de ses anciens compagnons ne le reconnaisse.

— Qu'en dit Coureau ?

— Il ignorait cela. Je crois que maintenant nous devrions poser les charges que nous pouvons éventuellement retenir contre lui : l'archiviste du "Télégramme de Brest" l'a reconnu comme étant l'homme qui vint consulter et voler les archives. Il s'était assuré les services d'un homme de main, le pêcheur Lesvran. Il savait par Coureau ce que faisait sa femme. Il disposait d'un réseau d'amis, et il était sur place.

Le procureur réfléchit un moment avant de reprendre la parole :

— Bien sûr, tout cela semble se tenir. Mais, mon cher Briand, tant que nous ne saurons pas comment fut tuée Maëlle Wiener, ainsi que ceux du *Goéland* et de l'*Andréa*, nous avancerons en terrain miné, même si nous pouvons avancer une explication : Mademoiselle de Kermeur l'a tuée sur le *Narval,* a jeté son corps à l'eau, et a inventé toute cette histoire à peine digne d'un roman d'Edgard Wallace ![7]

— On pourrait admettre aussi que le *Narval* fut arraisonné en mer, et que seule Mademoiselle de Kermeur survécut, mais si choquée que son esprit en est traumatisé. Car n'est-il pas possible que l'on ait pu chercher à faire disparaître les deux jeunes femmes ?

— Tout cela est du domaine de l'hypothèse… Rosanno est sur le coup et, quoique brouillon, il a la persévérance d'un chien de chasse. N'oublions pas qu'il a déjà largement dégagé le terrain en ce qui concerne les escamotages de marins : même s'il n'a pu trouver de solution, il a fait le tour de la question. Qu'il s'agisse, selon lui, d'une histoire remontant au dernier conflit me semble certes hasardeux, mais enfin, la chose est possible… Et là, nous ne pouvons incriminer Mademoiselle de Kermeur !

— Pas encore… Mais cela rejoindrait les activités passées de Wiener.

---

[7] Richard Edgar Freeman (1875-1932), journaliste, écrivain, scénariste et réalisateur britannique de romans policiers et de science-fiction, connu sous le nom d'Edgar Wallace.

— Rien ne nous prouve vraiment qu'il soit mêlé au meurtre de sa femme : il a pu venir à Plouarguen pour la surveiller, n'ayant en Coureau qu'une confiance limitée, puis s'affoler à l'annonce de sa mort.

— Cela ne cadre guère avec le portrait que l'on m'a tracé de l'officier intègre et courageux…

— Pour perdre la tête, il suffit d'un instant…

## II.

En voyant le vieux majordome s'effacer pour livrer le passage au commissaire principal, Anne-Flore réprima un soupir d'agacement puis se leva du divan où elle s'était allongée pour tenter de dissiper de vieux cauchemars.

— De quelle manière comptez-vous me torturer aujourd'hui ? fit-elle avec un vague sourire teinté d'ironie.

— Je sais qu'on vous a beaucoup questionnée, fit Rosanno en s'asseyant. Toutefois, c'est vous qui allez aujourd'hui m'écouter.

Il lui relata sans rien dissimuler de quelle façon les autorités s'attardaient sur le cas du commandant Wiener. Anne-Flore esquissa ce qui pouvait ressembler à un sourire :

— Si je comprends bien, Monsieur, je ne suis plus seule en première ligne : Monsieur Wiener m'accompagne dorénavant dans cette peu avantageuse position ?

— J'aimerais que vous me parliez de cet homme.

— Je sais peu de choses sur lui, commença-t-elle en hochant la tête. Je l'ai rarement rencontré, et Maëlle ne m'a pas énormément parlé de lui ni de son passé.

— Mais vous saviez qu'il a été résistant ?

— Tant de gens se sont affublés de titres ronflants, mais aussi réels que des illusions… Surtout au moment de la Libération !

— Dans son cas, on peut tenir pour certain qu'il a été de la première heure.

— Ah ?

— Vous n'auriez pas une idée, même vague, de l'endroit où il pourrait se cacher ?

— Pas à Paris ni à Beaumont-le-Roger, j'imagine. S'il a vraiment organisé des maquis, peut-être se dissimule-t-il parmi ses anciens compagnons ?

— Jamais lui ou son épouse ne firent allusion à ce passé ?

Mademoiselle de Kermeur resta quelques instants sans répondre, comme si elle semblait poursuivre une idée encore obscure. Puis, tout à coup, une lueur brilla dans son regard :

— Vous allez vous moquer, mais tant pis ! Un jour, Maëlle a fait allusion, par plaisanterie ou par défi, à un signe de reconnaissance que son mari avait imposé aux responsables des maquis. Elle avait ajouté "un vrai truc de société secrète", en dépit de l'air embarrassé qu'il avait eu en l'entendant évoquer ce fait. Elle a dû aussi dire "quelque chose à la Tintin... Sauf que là, il s'agissait de bijoux fantaisie". Oui, c'est ce qu'elle m'a dit. Son mari n'avait pas semblé apprécier qu'elle m'en parle, mais il n'a pas démenti. »

Quand il était sur une piste, Jules Rosanno n'était pas lent d'esprit. Madame Ripeyroux redevenait furieusement d'actualité.

Après avoir remercié la jeune femme, l'assurant qu'elle l'avait bien aidé, l'inspecteur prit rapidement congé, une idée en tête.

## III.

Tandis qu'Anne-Flore s'apprêtait à recevoir une curieuse visite, alors que le policier téléphonait à Paris et priait un de ses collègues de « faire cracher le morceau » à la femme de lettres, Étienne Coureau, revenu en terre d'Armor, ne restait pas inactif, ayant décidé d'aller inspecter les ruines des « Trois Mâts », non sans d'abord être allé prendre un verre à l'hôtel des Vagues.

La fin du jour tombait comme un deuil sur la lande, un soleil pâli se rétrécissait sur les décombres de la maison éventrée par l'incendie. Mais, ce feu, qui l'a allumé ? Et pourquoi ?

Il se dirigea vers une cavité qu'avaient découverte les flammes. Au-dessous de lui, la marée montante, toute proche, assénait de rageurs coups de bélier aux falaises avec la brutalité d'une charge de cavalerie, dans une avalanche grondante d'écume. Il sentit s'immiscer en lui le même sentiment d'insécurité qui l'avait déjà assailli lors de sa première journée à Plouarguen. Il s'immobilisa, se gourmanda. Malgré cela, son cœur faisait des bonds dans sa poitrine. Le globe blafard qui, en face, descendait vers l'océan, les pans de murs brûlés découpés sur la lande sur laquelle tombait le brouillard, les crêtes écumeuses des embruns aux reflets mordorés, inquiétants, le bruit du vent pareil à un coassement, tout cela atteignait pour lui un point extrême au-delà duquel il pressentait se tapir la peur dans son inexplicable nudité. L'idée lui vint que le paysage désolé, les ruines, l'océan même jouaient avec lui éveillaient en son âme des craintes très anciennes.

Faisant un effort sur lui-même, il s'approcha de la cavité béante qui s'ouvrait devant lui. Pourquoi hésitait-il ? Il n'était pas sujet au vertige, il devait bouger, agir, ne pas se laisser aller à croire à des visions fantomatiques. Une échelle de corde, sans doute oubliée par les pompiers, y descendait. Il s'assura de sa solidité et l'emprunta. Après une descente qui lui parut interminable, ses pieds se reçurent sur une terre spongieuse d'ancienne caverne. Il tâta la torche électrique qui gonflait l'une de ses poches, mais s'en passa, il y avait assez de clarté. Levant les yeux, il vit qu'il était à environ six mètres du sol. Grâce aux marques laissées sur les parois, il reconstitua ce qui appartenait aux fondations de la maison, environ deux mètres, et ce qui ressortait de la caverne révélée. Il songea : « Près de quatre mètres ! Pourquoi une telle hauteur était-elle simplement masquée d'un plancher de bois ? Pour quel usage ? » Il calcula que la cave devait avoir une superficie d'une douzaine de mètres carrés. Il l'arpenta quelques instants, sentant sous lui le sol rendu malléable par l'eau déversée par les lances d'incendie, mais fit une découverte d'importance : en un endroit de la cave, il sentit que ses pieds s'enfonçaient moins dans la fange, comme si un sol dur affleurait sous la terre. Il alluma sa torche et dégagea un petit carré de terre noirâtre, qui recouvrait un carré de bois renforcé de ferrures rouillées.

La nuit était maintenant tombée, et le temps lui manquait pour dégager complètement ce curieux ouvrage. Il décida de remettre au lendemain la poursuite de ses investigations, non sans auparavant prévenir l'inspecteur Rosanno.

De l'autre côté de l'aber, les lumières de l'hôtel des Vagues avaient quelque chose de rassurant.

## IV.

Le visiteur paraissait d'un âge certain, mais la vivacité de ses gestes et les lueurs qui fusaient de ses yeux très bleus, très doux, démentaient rapidement cette première impression. Anne-Flore renonça vite à lui chercher un âge déterminé. Le nom de cet homme, Monsieur Du Quério, lui disait vaguement quelque chose, mais elle ne parvenait pas à le rattacher à un souvenir précis.

Sentant l'embarras de la jeune femme, son vis-à-vis, après s'être excusé de son intrusion, s'expliqua :

— Mon nom, Mademoiselle, ne doit rien vous apprendre de moi, à moins que vous ne soyez férue de civilisation celtique[8], fit-il avec un sourire qui s'accordait à sa voix douce. Mais peut-être l'avez-vous entendu à Plouarguen dont le suis le maire, un maire bien volage, je le reconnais…

Anne-Flore demeura un instant interdite, ne sachant quelle contenance adopter, un peu

---

[8] « Querio » ou « Kerio » est un nom breton se rapportant à une ville ou à un lieu-dit.

troublée. Enfin, d'une vois où malgré elle vibrait une émotion contenue, elle s'enquit du but de la démarche de son interlocuteur. Les yeux de celui-ci se plissèrent :

— Il se trouve, Mademoiselle, que je me suis beaucoup intéressé à ce qui vous est arrivé en mer lors de la disparition de votre amie. Bien que la presse ait été tenue à l'écart, je dispose, en tant que maire, de certaines prérogatives. Mais revenons-en au but de ma visite. J'ai suivi, comme vous pouvez l'imaginer, avec un grand intérêt et une grande douleur, les disparitions de Plouarguen et plus encore votre récit des événements que vous avez vécus, essentiellement parce que je considère que tous ces faits présentent un réel intérêt scientifique.

— Scientifique ?

— Oui, Mademoiselle, j'ai prononcé ce mot en parfaite connaissance de cause.

— Vous voulez dire que...

— Que j'accorde créance à votre récit, que tous jugent de la démence ou de l'illusion ? Mais bien sûr, Mademoiselle, je vous crois. Laissez-moi maintenant vous expliquer pourquoi : vous jugerez ensuite si ma théorie corrobore ou complète ce que vous avez découvert sur cette île.

Ils discutèrent longuement, promirent de se revoir. Au moment de se séparer, Mademoiselle de Kermeur tint à poser une dernière question :

— Monsieur, est-ce que vous allez raconter tout ça au juge chargé d'instruire cette lamentable affaire ?

— Je ne me permettrais pas de le faire sans votre agrément. Si vous me donnez votre aval, je me rendrai chez Briand. Je le connais et je le sais ouvert.

Anne-Flore approuva cette démarche, remercia, Monsieur du Quério prit congé.

Alors qu'elle aurait dû se sentir soulagée de voir enfin poindre une lueur d'espoir au sein des ténèbres où elle se débattait depuis la mort de son amie, Anne-Flore sentit des larmes suinter le long de ses joues. Elle était brisée de fatigue et de tristesse. Une tentation morbide, paradoxale en ces heures qui venaient de lui apporter un certain réconfort, affleura à son esprit. Des vers lus il y avait très longtemps lui vinrent aux lèvres :

> « *Ils ne sont pas longs, les pleurs et les rires,*
> *Amour et désir et haine.*
> *Je pense qu'ils n'ont plus de part en nous après*
> *Que nous avons passé la grille.*

*Ils ne sont pas longs, les jours du vin et des roses,*
*Hors d'un rêve brumeux*
*Notre sentier émerge un instant, puis se ferme*
*Dans un rêve. »*[9]

Maintenant, appuyée contre une cathèdre, Anne-Flore pleurait sans retenue, sans honte.

---

[9] *« They are not long, the weeping and the laughter,*
*Love and desire and hate:*
*I Think they have no portion in us after*
*We pass the gate.*

*They are not long, the days of wine and roses:*
*Out of a misty dream*
*Our path emerges for a while, then closes*
*Within a dream. »*[9]

Ernest Dowson (1867-1900), *Summa Brevis Spem nos vetat incohare longam* (Citation de l'ode 4 d'Horace : « La brièveté de la vie nous interdit de concevoir un long espoir »), traduction de Rodolphe Gauthier.

# V.

L'inspecteur Morin attendait Étienne Coureau dans le vestibule de l'hôtel des Vagues. Ils prirent ensemble un rapide petit déjeuner. Une pluie fine, pénétrante, les accueillit au sortir de l'auberge, aussi se pressèrent-ils pour gagner la voiture et gagner les ruines de la villa. Là, ils se mirent à déblayer la tourbe autour de la parcelle de bois déjà dégagée par le détective. Ces travaux découvrirent une trappe de grande taille aux ferrures rongées par l'humidité.

— Avez-vous une idée de ce sur quoi peut ouvrir cette dalle ? demanda l'inspecteur.

— Pas la moindre… Mais le meilleur moyen de le savoir est de l'ouvrir, vous ne croyez pas ?

— Nous n'y arriverons jamais : elle doit être bloquée par les ans et la terre.

— Avec les manches de nos pelles ? Ou d'autres outils ?

La trappe céda beaucoup plus facilement qu'ils ne l'avaient imaginé, révélant à leurs yeux d'abord incrédules un conduit suffisamment vaste pour qu'un homme puisse s'y glisser. Des échelons rouillés le garnissaient.

— C'est une invitation à y aller, non ? fit Coureau avec un demi-sourire. Vous avez les torches ?

— Oui.

— Alors, suivez-moi.

Ils descendirent une dizaine de mètres avant d'arriver dans une salle obscure, puis longue que large, dont les extrémités disparaissaient dans une obscurité totale. La torche de Coureau éclaira une excavation qui ouvrant sur un boyau qui devait plonger dans les entrailles de la falaise. Ils ne disaient mot, pressentant avoir accompli une vague plongée vers les ténèbres, et sentirent que des ondes mauvaises circulant dans cet antre les envahissaient, les imprégnaient. Cette impression, jointe à celle d'être coupée du monde vivant se muait en un gangréneux engloutissement de leurs facultés, comme si ruisselait des parois humides un limon d'insupportable angoisse. Histoire de bouger, Morin se dirigea vers l'extrémité de cette longue salle rectangulaire, inexplicablement attiré. Ils arrivèrent près de la paroi la plus éloignée de l'entrée de la caverne. L'inspecteur abaissa sa torche, découvrant un autel de pierre grise.

— Qu'est-ce que cela peut bien être ? Une église souterraine ? Sa voix résonnait curieusement.

Coureau s'approcha de cette sorte de grossière stèle. Une tache noirâtre maculait le granit. Il la racla des ongles un instant, puis fit une grimace de dégoût :

— On dirait du sang séché…

— Il a dû se passer des choses horribles dans cet endroit… Ce lieu sent la mort, comme un charnier.

— En voilà la raison, regardez. »

Deux cadavres presque réduits à l'état d'ossements gisaient, dissimulés derrière l'autel.

## VI.

Au Quai des Orfèvres, le commissaire Régnier menait plusieurs affaires à la fois, tempêtant au téléphone, bousculant subordonnés, collègues, juges et même supérieurs, mais arrivant le plus souvent à de rapides résultats.

— Perquisitionnez-moi cet appartement ! Envoyez Vidal faire la même chose au domicile de la femme… Tout de suite ! Bien sûr… Trouvez-moi du monde pour vérifier sur place la situation de ces pèlerins… Quoi ? Avant la nuit ! Et alors ? M'en fous !

Régnier raccrocha le téléphone avec brutalité. Il devait être blindé, pour supporter de tels impacts. Malgré la violence du traitement, il sonna une nouvelle fois.

— Oui ? Rosanno ? Bonnes nouvelles, mon vieux ! Une chance ! On venait justement de coincer la Ripeyroux, alias Madec ! On l'a surprise achetant de la coke à un petit revendeur connu dans les milieux de l'intelligentsia parisienne… Suite à votre demande de renseignements, je me suis occupé de l'affaire et ai été voir la bonne femme… Je lui ai mis le marché en main : soit on passait sur cette histoire de stups et elle me crachait la vérité sur les activités de son frère pendant la guerre, soit je l'embarquais séance tenante... Ça n'a pas été long ! Elle s'est dégonflée comme une outre qui se vide... À propos, vous avez bien vu le truc ! En bref : pendant d'occupation, son frère était resté en France à la tête de ses conserveries de Douarnenez. Là, il préférait fricoter avec les officiers de la Wehrmacht plutôt que de se passionner pour les parachutages de mitrailleuses... C'était même lui qui vendait son singe aux troupes chleues... eh, oui ! Mais, plus grave, il s'occupait très gentiment d'infiltrer et de dénoncer les maquis... organisés par Wiener ! Eh, eh ! Toujours est-il qu'un jour, les gars ont déclenché un raid contre Ripeyroux, histoire de lui apprendre la politesse. Le bonhomme a été roué de coups et laissé pour mort... Paraît même qu'ils lui ont chauffé un peu les roustons au chalumeau... Oui, ça valait mieux que de lui faire bouffer ses conserves ! Mais les maquisards ont trouvé des choses intéressantes : des documents, des listes de résistants, des plans d'écrasement des maquis de la région, grâce à quoi la résistance locale a échappé aux mitrailleuses des Panzerpähwagen [10] ... À la Libération le

---

[10] « *Schwerer Panzerpähwagen* » = « *Véhicule de reconnaissance blindé lourd* », chars à six ou huit roues mis

Ripeyroux a dû retourner sa veste, ou être oublié, bref il a échappé aux cours de justice de l'époque, si on peut appeler ça de la justice ! Mais les hommes de Wiener, grâce aux documents saisis, le tenaient. Intimidation, chantage, que sais-je… Bref, le bonhomme ne l'a pas supporté longtemps et s'est suicidé en 1951. Les amitiés de la romancière avec le Garde des Sceaux de l'époque ont fait que l'affaire a été étouffée. Toutefois, son ressentiment est demeuré intact… Une bonne raison de trucider son épouse, à défaut de pouvoir s'attaquer à Wiener lui-même, non ? LA Ripeyroux adorant son frère… Trop même, selon certaines mauvaises longues de l'époque. Oui ? Le symbole ? En l'arborant, elle a dû vouloir faire peur à Wiener ou à sa femme… Ouais ! Comme vous dites !

---

au point vers 1937, utilisés par la Wehrmacht au cours de la Seconde Guerre mondiale, servant à la reconnaissance avant le passage des armées.

# VII.

Messieurs Rosanno, Morin et Coureau dînaient à l'hôtel des Vagues. La fatigue se lisait sur leurs visages, mêlée peut-être de cette sourde exaltation qui s'immisce chez ceux qui savent qu'il y a du nouveau.

Décortiquant des langoustines, l'inspecteur principal se laissait aller à la joie de savoir que le meurtre de cette jolie Maëlle était pratiquement élucidé. Bien sûr, il y avait ces nouveaux cadavres, et, plus encore, cinq disparitions qui criaient vengeance… Toutefois, il ne pouvait se laisser aller à une satisfaction bien humaine, il avait marqué au moins un point. Seule ombre au tableau, il ne lui avait pas été possible de relater au juge ses conclusions. Il pensa que le faire le lendemain, après une visite à Douarnenez, ne serait guère préjudiciable à la marche régulière de l'instruction.

Étienne Coureau se pencha vers lui :

— Je vous trouve bien méditatif… Un grain de sable se serait-il glissé dans votre beau mécanisme ?

— Je mentirais en vous disant que ces nouveaux meurtres me laissent indifférent... Mais, en ce qui concerne mes déductions, permettez-moi d'être sûr de leur fiabilité.

— Excusez-moi, Messieurs, fit Morin, mais je ne suis pas au courant de vos conclusions : j'ai des éléments, ayant passé mon après-midi à téléphoner au légiste, à la P.J., au labo, que sais-je ! Mais je ne connais pas la synthèse de tout cela.

Un serveur venant desservir les contraignit à un mutisme temporaire. Lorsqu'il se retira, Rosanno prit la parole :

— La synthèse de tout cela est à la fois très simple et très compliquée. Nous avons tous admis au départ, moi le premier, que les disparitions des marins étaient liées à celle de Madame Wiener, en dépit des folies de Mademoiselle de Kermeur. Or, la découverte de ces restes humains dans la crypte, débris de corps que le légiste a daté des années 1940-45, nous prouve que ces choses abominables se sont déroulées dans ce village. Lorsque les langues se délieront, lorsque nous aurons mis la main sur le commandant Wiener, je présume que nous saurons pourquoi les équipages de ces chalutiers ont été occis. N'oubliez pas que la vengeance est un plat qui se mange froid... Cette notion de vengeance, nous la retrouvons dans la combinaison des faits qui amenèrent

Maëlle Wiener à la mort. Je vous ferai grâce des événements passés qui engagèrent Madame Ripeyroux sur le chemin de la haine, vous les connaissez succinctement. Cette femme passionnée, à la sensibilité exacerbée, peut-être même incestueuse, n'a jamais pu supporter le décès de son frère. Il lui faut se venger, même si cela doit prendre du temps. Wiener est difficilement touchable, mais sa femme... Elle l'a fait pister par un de vos homologues, Coureau, selon Régnier. Lorsqu'elle a appris que sa proie se rend en Bretagne non loin du pays de son frère, elle y voit un signe du destin... Vous ai-je dit qu'elle assistait régulièrement à des séances spirites pour entrer en communication avec son frère ? Donc, la voilà qui met le cap sur Plouarguen. Elle commence par y soigner son personnage de romancière alcoolique afin que nul ne puisse la soupçonner de noirs desseins. Sait-elle alors comment elle va assassiner Maëlle Wiener ? J'en doute. Je pense que ce sont plutôt les disparitions des marins qui lui ont donné l'idée d'agir en ce sens, ce pour quoi elle a volé les archives du *Télégramme* pour nous aiguiller sur cette piste. Ensuite, elle tente de gagner l'amitié des deux amies, allant même jusqu'à se faire inviter lors d'une sortie du *Narval.* Ce fut sa première erreur.

— Comment cela ?

— Elle répétait partout qu'elle ne connaissait rien à la navigation. Or, ce que vient de me confirmer au téléphone Mademoiselle de Kermeur, elle a paru plus au fait de la mer qu'elle ne le laissait entendre. Sur un voilier, il y a des automatismes difficiles à contrôler. Toutefois, cette sortie lui a permis de mûrir son plan : constatant que le *Narval* est lent par vent faible, elle imagine de le rattraper lors d'une de ses prochaines sorties, de profiter de la surprise de son arrivée pour monter à bord sous un prétexte quelconque, d'assommer Anne-Flore et ensuite de noyer Maëlle, n'oublions pas qu'elle est une femme grande et robuste. Puis, elle prévoit de rentrer à Plouarguen non sans avoir préalablement drogué Mademoiselle de Kermeur, pour qu'elle ne se souvienne pas des événements, ou seulement d'une façon incohérente. Elle veut tuer Maëlle Wiener, mais ce n'est pas une tueuse et l'acte gratuit lui répugne. Pour expliquer son absence, elle jouera celle qui, ivre morte, a cuvé son alcool quelque part dans la lande. Elle peut supposer que personne ne l'aura vue partir, les pêcheurs sont terrés chez eux par le climat d'angoisse. De retour à l'auberge, puant le whisky, elle a si bien interprété son rôle que je m'y suis laissé prendre…

— Ce fut le cas de tout le monde, j'y ai cru moi aussi, intervint Coureau.

— Bref, c'est ainsi que tout aurait dû se passer. Mais, seconde erreur, si la première partie de son plan s'est réalisé comme prévu, la romancière avait mésestimé la résistance physique de Maëlle, endurcie par les régates et les activités équestres. Sur ce point, je pense que soit Maëlle s'est tuée dans la bagarre — coup du lapin, chute sur la tête — soit la Ripeyroux a eu le dessus avant de lester son corps et de l'immerger. Ensuite, elle a fait une piqûre à Mademoiselle de Kermeur, sans doute un puissant hallucinogène, elle s'y connaît. Puis elle cargue les voiles du *Narval,* c'est le seul point qui aurait pu crédibiliser le récit de la jeune femme, puisque le voilier a été retrouvé comme détaché d'un mouillage, et elle rentre à Plouarguen où, dans la soirée, elle nous fait son petit numéro. Voilà, Morin, comment se sont passées les choses. Un plan très audacieux, risqué même, car plein d'impondérables, mais, selon Régnier, typique du caractère de cette meurtrière.

L'inspecteur réfléchit quelques instants avant de prendre la parole :

— Quel hallucinogène a-t-elle employé ? Et comment l'a-t-elle eu ?

— N'oubliez pas qu'elle se droguait. Ses liens avec le milieu mondain des stups ont dû lui permettre de se procurer, que sais-je, de l'héroïne, ou un composé d'amphétamines et d'autres substances, je ne suis pas spécialiste. Mais, ainsi, ni vu ni connu… J'ajoute qu'en Suisse, pendant la guerre, elle a servi un temps dans un dispensaire de la Croix-Rouge, elle savait faire des piqûres.

— Et le bateau qui lui a permis d'accoster le voilier ? Où l'a-t-elle trouvé ? demanda Coureau.

— Ici, les barques à moteur ne sont pas cadenassées. La nuit tombait lorsque le *Narval* est parti. Elle avait dû remarquer une barque un peu isolée, et elle s'en est servie. N'oubliez pas que seul le curé a été témoin de ce départ. Or, qu'a-t-il vu ? Une barque, manœuvrée par une silhouette qui lui était inconnue. Pourquoi ? Parce que c'était celle d'une femme, même habillée en homme. De plus, il ne la connaissait pratiquement pas, il a dû la voir une ou deux fois dans le village.

— Je l'ai rencontré cet après-midi, ajouta Coureau, et il juge cette hypothèse plausible. Mon Dieu, fit-il subitement, si je n'avais pas été pris dans un banc de brume au sortir de Malessac, j'aurais pu les sauver !

Rosanno le tranquillisa :

— Ce sont là les hasards de la mer. Vous ne pouvez rien vous reprocher.

À ce moment, Madame Lepenner s'approcha de leur table :

— Ces Messieurs ont bien dîné ? Parfait ? Ces Messieurs déjeuneront-ils demain ? Car mon mari, qui vient de partir rejoindre son bateau, aura rapporté de ces délicieux poissons qui ne se pêchent que la nuit, des…

Ils endiguèrent ce flot de paroles en déclarant regretter de ne pas être présents le lendemain, hormis Étienne Coureau qui décida de passer la nuit à l'hôtel des Vagues, à la condition qu'il puisse partir de bon matin.

# VIII.

Seul dans l'obscurité nocturne, le détective ne parvenait pas à s'endormir, l'esprit tenu en alerte par un fourmillement de pensées. Malgré la clarté de la démonstration de l'inspecteur, il pressentait qu'une dimension de l'affaire continuait à lui échapper. « Rosanno a-t-il voulu mener trop rapidement cette enquête ? Non, ce n'est pas son style… »

Peut-être était-ce quelque chose qui sortait de la vie de tous les jours pour se situer dans des dimensions inconnues… Ce fut sur cette peu rassurante réflexion que le vrai sommeil commença à s'insinuer en lui et le tint engourdi jusqu'aux premiers feux de l'aube. Il se leva prestement, avala rapidement une tasse de café et gagna le parking. Là, il se heurta au curé.

— J'allais justement me rendre à la cure avant que vous ne célébriez le premier office…

— Pourquoi désirez-vous me revoir ? Ne vous ai-je pas, hier, livré toutes mes modestes connaissances relatives à ces tristes disparitions ?

— Il y a quelques points que j'aimerais évoquer avec vous, si cela vous est possible.

Le prêtre consulta un gros oignon qu'il sortit d'une soutane élimée.

— Comme je suppose que vous devez rapidement remonter sur Brest, je vous répondrai maintenant. Mais marchons un peu en dehors du village, nous aurons davantage nos aises.

— Voilà, Monsieur le Curé, dit Étienne après qu'ils eurent dépassé la dernière maison et arrivaient sur la lande qui s'étendait à l'infini. Je vous ai caché quelque chose hier, non de mon plein gré, mais parce que je n'en avais pas vu la signification : les corps mutilés, torturés, retrouvés aux « Trois Mâts » l'ont été non dans la cave, mais en dessous de celle-ci, dans une sorte de temple souterrain. J'ajouterai que ces hommes ont été occis durant le dernier conflit…

Pendant un moment, le prêtre demeura silencieux. Il y avait dans ses yeux une expression de lassitude angoissée.

— Ce que je vais vous dire, fit-il enfin, ne vous éclairera que bien imparfaitement sur ce que vous désirez apprendre… Voyez-vous, c'est un bien long calvaire pour un pasteur que de voir ses brebis s'égarer sur de mauvaises routes. Ainsi que vous l'avez probablement deviné, de grands maux frappèrent ce village pendant cinq années, comme si le conflit avait exacerbé des forces mauvaises dissimulées au sein même de la communauté.

Sournoisement, il y a eu une résurgence de mythes antérieurs au christianisme. Peut-être du fait de la guerre, certains s'engagèrent dans la voie de l'aberration. Comme ils ne pouvaient rien par des moyens naturels, ils firent appel aux forces surnaturelles, mêlant paganisme et religiosité, ressuscitant une légende chimérique… Et voilà comment un bourg très chrétien se mua en quelques années en cité païenne !

— Cet autel, dans la crypte, c'est une ancienne pierre à sacrifices, n'est-ce pas ?

— Peut-être… Cela, mon fils, ne me concerne pas. En revanche, il me faut aller dire ma messe, je ne peux m'attarder davantage.

— Attendez ! À quelle légende avez-vous fait allusion ?

— Il y en a tant qui circulent dans ce pays…

L'abbé regarda fixement le détective, puis, sans un mot, lui tourna le dos et s'en fut, laissant Étienne Coureau médusé.

# CHAPITRE 4

## I.

Le lendemain matin, dans le confort feutré de son cabinet troublé par les gerbes de pluie assaillant les vitres, le juge Briand écoutait avec un intérêt grandissant l'homme qui s'était présenté à lui et qui semblait mettre dans ses capacités une immense confiance.

« … Et c'est là, à Londres, que mes services travaillèrent en étroite collaboration avec l'Intelligence Service en vue de préparer le débarquement. J'étais plus particulièrement chargé d'organiser les maquis dans l'ouest de la France et de faire la liaison entre eux et le Royaume-Uni. »

— Mais pourquoi ce séjour à Plouarguen ? Ces subterfuges, ces déguisements ?

— Sachez d'abord que l'on a créé pendant la guerre une foultitude de services de renseignement. Certains existent encore et, aussi incroyable que cela puisse vous paraître, se haïssent cordialement et s'entredéchirent férocement. Dès que j'ai eu connaissance de la disparition des hommes du *Goéland,* je suis accouru en prenant soin de ne pas me faire reconnaître de cette population et non sans avoir fait un « montage » préalable. Un long voyage.

— L'équipage du *Goéland*... fit le juge en réfléchissant. Ces hommes n'ont-ils pas servi sous vos ordres ?

— Vous comprenez vite, Monsieur le Juge. J'ajoute que les Kerouer, de l'*Andréa,* furent aussi mes compagnons de route.

— Alors, vous avez songé à une vengeance ou à de tardifs règlements de compte. Je commence à reconstituer le tableau… Mais pourquoi êtes-vous parti après la disparition de votre épouse ?

— L'affaire est peut-être plus complexe que l'accomplissement d'une vieille haine… Mais procédons par ordre, si vous le voulez bien. Tout d'abord, bien que séparé de mon épouse, je lui ai conservé mon amitié. Ce fut donc avec appréhension que je l'ai vue arriver à Plouarguen, sachant qu'un drame se nouait au village. Toutefois, jamais je n'aurais songé que l'on oserait s'en prendre à elle ! Lorsqu'on annonça sa mort, ma décision fut prise aussitôt : je suis rentré à nouveau dans la clandestinité afin de débusquer ceux qui avaient osé le faire et qui étaient très probablement les auteurs des massacres perpétrés contre mes anciens camarades.

— Enfin, vous deviez bien craindre quelque chose, pour avoir mis Coureau sur les traces de votre épouse ?

— Je n'en disconviens pas. Mais c'était une crainte d'ordre privé.

— Coureau nous a décrit vos alarmes. Passons. D'après vous, par quel miracle votre épouse s'est-elle trouvée à Plouarguen si vous n'êtes pour rien dans sa venue ?

— J'ignore tout des motifs qui l'ont poussée à venir là-bas… C'est un peu comme si quelque chose l'avait attirée, ainsi qu'Anne-Flore de Kermeur… Il y avait beaucoup de monde à l'hôtel des Vagues à ce moment… En conscience, Monsieur le Juge, ne trouvez-vous pas que ce seul fait donne à toute cette aventure une dimension quelque peu surnaturelle, voire fantastique ?

— Vous n'êtes pas le seul à parler ainsi. En revanche, pouvez-vous me donner une explication rationnelle aux disparitions successives des pêcheurs et, hélas ! De votre femme ?

Le commandant Wiener se leva et se mit à arpenter la pièce.

— Ce qui a attiré mon attention sur l'escamotage du *Goéland,* c'est ce que je pense être la méthode employée et ses conséquences : marins morts et à jamais disparus, chalutiers dérivant longtemps. Sans dévoiler des secrets qui ne m'appartiennent pas, cela ressemble furieusement à une technique que nous avons mise au point durant la guerre pour neutraliser garde-côtes ou patrouilles allemandes lorsque nous livrions des armes par voie maritime. Sachez qu'un homme seul pouvait, à la limite, arraisonner et maitriser un bateau et un petit équipage. De tels hommes furent recrutés à Plouarguen, l'un des rares villages dont la race solide n'hésita pas à se lever dès les premiers jours contre l'occupant.

« Mais certains de ces combattants, peut-être lassés ou influencés, cédèrent peu avant la Libération à l'éternelle tentation humaine : l'argent. Vous n'ignorez pas que c'est le ressort vital de la guerre. Aussi ai-je été amené à organiser par mer, les parachutages devenant risqués, le transport d'une somme importante, je ne puis vous en dire plus. Je devais moi-même escorter cet argent jusqu'à son lieu de débarquement, mais par malchance j'ai été blessé lors d'un bombardement sur Londres. Bref, toujours est-il que cet argent a été volé, le bateau qui devait l'amener à Plouarguen retrouvé vide et deux de mes plus fidèles compagnons furent portés disparus.

« Que s'est-il réellement passé ? Je ne peux qu'avancer des suppositions, mais il me paraît presque sûr que certains membres du maquis n'ont pu résister à la tentation et ont organisé un guet-apens que les villageois et moi-même aurions pu mettre sur le compte de l'ennemi… Malheureusement pour les voleurs, cela parut suspect à certains, qui me firent part de leurs soupçons. Toutefois, ce qui demeure le plus étrange, c'est que jamais l'argent ne fut retrouvé ni, surtout, utilisé. Je m'explique : seuls des habitants de Plouarguen pouvaient avoir fait le coup. Or, pas un n'a disparu après la guerre, pas un n'a semblé s'être anormalement enrichi.

« Alors ? L'argent a-t-il été dissimulé par un complice très patient ? Dans cette hypothèse, ne serait-ce pas pour amener le ou les criminels à se découvrir, à prendre peur que l'on ressuscite de vieux démons en faisant disparaître ceux du *Goéland* et de l'*Andréa,* qui, eux aussi, ont participé à de nombreuses activités clandestines. Bien qu'à mon sens, ils ne peuvent être incriminés dans ce vol.

— Vous n'avez donc aucune idée de l'identité de ceux qui ont fait le coup ?

— Aucune. Si j'avais une grande confiance dans les hommes de ce village, c'était en partie à cause des liens de sang ou d'amitié profonde qui les unissent. Mais cela peut avoir un désavantage : ils se serrent les coudes.

— Mais pourquoi s'en être pris au *Narval* et à votre épouse ? Cela ne cadre pas !

— Si ces disparitions n'ont rien à voir avec l'argent, ce peut être une vengeance.

— Vous n'avez pas l'air d'y croire… Alors ?

— Si un ou plusieurs assassins cherchent à retrouver cette somme et estiment qu'ils y parviendront en répandant la terreur, pourquoi ne pas croire qu'ils ont tué Maëlle comme ils auraient trucidé n'importe qui d'autre ? Je vais utiliser un mot assez horrible, mais peut-être était-elle… disponible…

— Hum… Même pour une fortune, cette accumulation de crimes semble inutile…

— Allons, Monsieur le Juge, si des hommes tuent sans mobiles, c'est soit qu'ils sont fous, soit qu'ils cherchent à terroriser ou à exercer un chantage sur une personne définie… Plus je réfléchis à ce sac de nœuds, plus je suis convaincu que les voleurs sont visés par ces monstruosités. De plus, ayant "réactivé" certains anciens membres de mon réseau — pas à Plouarguen, bien sûr —, je suis à même de vous dire qu'ils parviennent à des conclusions semblables.

— Admettons.

— Au surplus, j'ajouterai que ces disparitions teintées de mystère permettent aux criminels d'orienter les autorités que d'étranges pistes : en effet, pour le profane, elles peuvent correspondre à certaines des multiples légendes qui sévissent à Plouarguen plus encore que dans n'importe quel coin d'Armor.

Le juge sauta sur l'occasion tandis que le commandant se rasseyait :

— Justement ! Connaissez-vous la version des faits qu'a donné Mademoiselle de Kermeur des événements qui précédèrent la mort de votre épouse ?

— Vous oubliez que je viens de sortir de la clandestinité, dit Wiener avec un sourire désabusé.

Avec des phrases les plus concises et les plus précises possible, Briand relata le récit d'Anne-Flore, puis fit le point sur l'ensemble des recherches menées par la police, bien qu'il ignorât encore les suspicions pesant sur Madame Ripeyroux, tout comme la morbide découverte faite aux "Trois Mâts". Ayant écouté ce récit avec passion, Monsieur Wiener admit comprendre avoir été considéré comme le principal suspect. Il reprit la parole :

— Je savais Anne-Flore un peu "dérangée", mais là, bon sang ! Quelle imagination… Quoique, un soir, un vieux pêcheur ivre… Allons ! Permettez-moi malgré tout de vous déclarer que je vois mal Mademoiselle de Kermeur tuer ma femme. Que, dans un instant de folie commune, elles aient décidé d'attenter à leurs jours, je le redoutais parfois, c'est la raison pour laquelle j'ai fait appel à Coureau. Lequel, soit dit en passant, ignorait tout des vraies raisons de ma présence à Plouarguen. Mais je crois Anne-Flore incapable d'assassiner de sang-froid.

— Elle a avoué avoir eu un grave différend avec votre épouse lors de cette funeste sortie.

— Ah ! Pardonnez ma crudité, mais elles ne cessaient de s'engueuler ! Sans plus, sans conséquence.

Quelques coups brefs furent frappés à la porte. Le visage du greffier apparut dans l'entrebâillement :

— Messieurs Rosanno et Coureau demandent si vous pouvez les recevoir ?

— Qu'ils entrent ! Ainsi, fit le magistrat en se tournant vers le commandant, nous allons pouvoir tout étaler sur la table. »

Le juge se douta qu'il allait encore se priver de déjeuner. Bon, il se nourrirait des conclusions de l'affaire, au moins des éléments nouveaux…

## II.

L'après-midi de cette même journée, le maire de Plouarguen était reçu pour la seconde fois chez les cousins de Mademoiselle de Kermeur.

La jeune femme l'avait attendu avec une certaine impatience, l'attente la tourmentait. À présent, assise face à Monsieur Du Quério, les mains jointes sur ses genoux, elle se soumettait aux paroles, aux évocations, aux récits que l'érudit venu à son aide ne manquerait pas de prononcer. Plus encore qu'au verdict des juges, toute la vigilance de son âme se suspendait aux explications de celui qui, investi par une miséricordieuse force divine, pouvait concrétiser l'irréel, le songe.

« Je suis une petite fille en uniforme bleu et blanc qui attend que l'absolve son confesseur », semblait dire son attitude.

Tout d'abord, le premier magistrat de Plouarguen lui fit recommencer son récit, prenant des notes, lui demandant de préciser certains détails. Enfin, il lui demanda d'exécuter un plan succinct du village où le *Narval* avait abordé. Anne-Flore, qui dessinait assez bien, obéit en faisant appel à toutes les ressources de sa mémoire. Son relevé achevé, Monsieur Du Quério le compara avec un document ancien qu'il sortit de sa serviette. Puis il posa les deux feuillets sur la table du salon, faisant signe à Anne-Flore de s'approcher.

— Voici, à votre gauche, un plan de Plouarguen établi à la fin du dix-septième siècle par un curé du lieu. Vous constaterez que la partie haute du bourg, celle de l'hôtel des Vagues, n'existait pas encore. Veuillez comparer ce plan avec celui que vous venez de tracer.

Sans erreur possible, plan et dessin étaient similaires. Une vague d'incompréhension déferla sur la jeune femme.

— Je ne comprends rien du tout ! Qu'est-ce que tout cela veut dire ? Le *Narval* n'aurait jamais quitté Plouarguen ? Ou y serait revenu malgré nous ? Ou aurais-je vraiment rêvé ? Ou alors Plouarguen posséderait un double… Ah, Monsieur, loin de m'aider, vous accentuez mon trouble…

Elle se rassit, frémissante et accablée, l'esprit de nouveau en déroute. Un peu à l'image d'un vieil oncle, Monsieur Du Quério vint s'installer à ses côtés :

— Il ne faut pas que ce fait vous émeuve. Il est partie intégrante d'un tout qui explique votre aventure. Cette ressemblance, que je prévoyais, ne fait que renforcer mes convictions et correspond à des choses que nombre de mémoires ont aujourd'hui voulu oublier…

— De quoi parlez-vous ?

— D'un texte que vous ne pourriez décrypter sans connaissances préalables. Alors, armez-vous de patience, excusez-moi d'avance, et laissez-moi vous raconter.

« Vous ignorez peut-être que, contrairement aux divinités grecques ou romaines, les êtres surnaturels celtiques étaient essentiellement polymorphes. Cela, toutefois, n'était pas une caractéristique réservée aux dieux, mais valait pour toutes les choses de l'univers. Pour le Celte, tout est métamorphose : le temps, les mondes même, interfèrent. En ces univers, tout gît au-delà des apparences, dans de continuelles métamorphoses. Les lieux se dédoublent, se recréent ou bien se multiplient. D'où la similitude du port de l'île et de mon village. Rien n'est fixe, rien n'est définitivement accompli, sauf l'être personnel de chaque individu. La transformation règne en maîtresse dans ces mondes, et certains d'entre eux plus que d'autres sont assujettis à ces constantes évolutions.

« Il en va ainsi de Plouarguen, ce qui me permet d'en arriver au second point que je désire développer.

« Avez-vous entendu parler des Osismii ? Selon certaines sources, ils furent parmi les premiers à peupler le futur pays de Léon. De rudes guerriers, dont on sait relativement peu de choses : César, dans ses *Commentaires,* ne fait que les citer, de même que Pline l'Ancien ou Strabon ou Ptolémée, comme un des peuples de l'Armorique. Avaient-ils disparu à cette époque, les a-t-on ignorés, ou avaient-ils pu se soustraire aux légions romaines ? Toujours est-il que j'ai pu établir qu'à l'origine de mon village se trouvait une tribu Osisme, la seule dont on puisse avec une relative certitude situer le point d'attache, d'autres, comme Gesocribate ou Tolente étant difficilement situable, quoiqu'assimilées à Brest ou Landéda. Cette tribu semblait posséder au plus haut point le don d'ubiquité ou de métamorphose, magie mal déchiffrée aujourd'hui, qu'ils appliquaient à eux, à leurs morts, aux lieux où ils vivaient, ce qui leur permettrait de traverser décennies ou conflits en restant totalement à l'écart du monde…

Anne-Flore sursauta :

— Mon Dieu ! Cette fillette bizarre, apparemment dégénérée, que nous avons vue

Maëlle et moi sur la lande… cela signifie-t-il qu'ils se reproduisaient entre eux ?

— Plus maintenant… Mais il est indéniable que le sang de Plouarguen est dévoré par la consanguinité… Cela a été le cas de beaucoup de villages très isolés, difficiles d'accès, ou séparés du reste de la région par un conflit quelconque qui a perduré.

— Et cela explique ce que j'ai ressenti dans l'église : l'impression que tous les villageois étaient de la même famille… Toutefois, Monsieur, quel rapport entre cela et ma triste aventure ?

— Nous avons dévié de notre propos, avec cette histoire de sang qui, bien sûr, ne vous concerne pas. En revanche, que par un moyen supranaturel et qui demeure à découvrir, vous ayez été transportée, transposée, dans un de ces mondes parallèles inhérents aux Osismii, voilà quelque chose qui doit vous intéresser au premier chef…

D'une certaine manière, Mademoiselle de Kermeur s'attendait à une révélation de ce genre, aussi ne manifesta-t-elle qu'une légère surprise :

— Alors, cette île existe et n'existe pas…

— Disons, pour simplifier, qu'elle ne se situe pas dans les domaines habituels de notre perception de l'univers. À ce sujet, troisième propos de mon raisonnement, je voudrais attirer votre attention sur deux points : le premier est que la métaphysique de ces espaces-temps est irréductible à des formules capables d'être comprises et admises par l'esprit. Autrement dit, on ne peut le clarifier en le décomposant en formules mathématiques comme il est loisible de le faire pour la compréhension de notre univers, de la mécanique céleste par exemple.

« Ensuite, il me faut vous parler des îles au Nord du monde, îles mythiques du domaine de l'Autre Monde, centres initiatiques sûrement, îles de pénitence parfois, peut-être. Toute la religiosité celtique accorde créance à l'existence prouvée de telles îles, tour à tour paradisiaques ou infernales. Certains y situent l'au-delà auquel on ne parvient que par un passage en bateau, plein d'oiseaux merveilleux, où règne le maître du temps atmosphérique et chronologique, capable de contraindre celui-ci, de le distendre ou de le resserrer. Cela ne vous rappelle rien ?

— Évidemment. Et les oiseaux, je les ai vus, j'en suis certaine.

— Mais, chez les Osismii, cette croyance en des îles au Nord prenait un aspect particulier : pour eux, elles étaient le dédoublement, la transposition de leurs lieux de vie. Des témoignages, venus à nous par l'intermédiaire des premiers moines établis en Cornouailles ou en Tréguier, attestent de cette doctrine. Toutefois, le plus étrange est que ces religieux, dégagés du druidisme, ont relaté avoir vécu, en mer, l'immixtion de ces phénomènes au cours de leurs navigations. Par exemple, certains ont cru se retrouver dans leur village de départ alors qu'ils abordaient un sol inconnu, ils y vécurent des années avant de pouvoir repartir, de trouver des courants à même de les pousser vers la vraie côte bretonne, et d'y revenir à l'état de poussière… D'autres revinrent vivants de l'endroit dédoublé où ils accostèrent, mais tous furent pris pour fous, d'après diverses archives. Beaucoup, hélas, ne purent refranchir la frontière, car l'île du Nord, bien qu'enchanteresse, est un lieu marqué par la mort.

— En effet. Cet îlot n'avait rien de paradisiaque, un endroit froid, glauque, il y régnait comme un parfum de dégénérescence...

— Je vous sens sceptique, et cela est bien naturel. Vous balancez…

— Non. Je ne puis ignorer qu'il y a là une coïncidence troublante… Ce serait stupide de la négliger. Mais tout cela est tellement absurde ! Moi qui ai cru être devenue folle, je me suis débattue contre ces visions jusqu'à être anéantie, sollicitée et pressée sans relâche par la quête du fil qui m'aurait permis de remonter à la source et aux causes de la mort de mon unique amie ! Et maintenant, dans un grouillement de folles hypothèses, de possibilités, de paradoxes, vous me dites que je dois à nouveau considérer comme réel ce que j'avais cru être devenu figuré, songé, tellement on m'a fait douter de ma propre raison…

Presque paternel, Monsieur Du Quério se pencha vers elle, un pli barrant son front :

— Laissez de côté l'aspect abstrait de mon exposé. Envisagez l'aspect physique : oui ou non, Mademoiselle, avez-vous mis les pieds sur la terre d'une île cauchemardesque ?

— Oui ! OUI !

Elle qui avait jusqu'alors souffert en silence venait de hurler. Le maire de Plouarguen restait silencieux, la laissant reprendre son souffle. Anne-Flore, presque moribonde, croyait entendre le bruit régulier, intolérable, de ses artères qui, sous la peau du cou, l'emprisonnaient de battements sourds, réguliers.

Elle attendit que cette tension se calme avant de reprendre la parole :

— Mais qui étaient donc ces cadavres que j'ai vus allongés sur des pierres couchées ?

— Probablement les marins du *Goéland* et de l'*Andréa*.

— Mais pourquoi ?

— Ce texte va vous l'apprendre, et, à sa lumière, toute votre aventure vous semblera décantée et logique. »

L'après-midi déclinait.

# CHAPITRE 5

## I.

Trois explications, deux accusations, une hypothèse. Où était la vérité ? Sans relâche, tous s'acharnaient à débusquer le lièvre. Lors de cette chasse d'un genre particulier, Étienne Coureau était parmi les plus assidus.

Quelques jours après l'entretien décisif qu'avaient eu Anne-Flore et le maire de Plouarguen, Monsieur Briand et le Procureur de la République décidèrent de réunir les partisans de chaque théorie. Toute cette histoire semblait si inconcevable qu'ils n'osaient en négliger une, même celle de Monsieur Du Quério.

Avant la confrontation, tous deux s'entretenaient dans le cabinet du juge :

— Enfin, dit le Procureur, quelle créance devons-nous accorder aux divagations de ce soi-disant spécialiste en civilisation celtique ?

— Je le connais de longue date. C'est un chercheur considéré, un universitaire remarqué. Qu'il soit venu nous livrer ses conclusions prouve la confiance sereine qu'il met dans ses dires, il n'a rien d'un cerveau dérangé ou d'un simplet superstitieux. De nombreuses sommités vous le confirmeront. Qu'il extrapole, soit… Mais il y a peut-être un fond de vérité dans ses affirmations, aussi folles nous paraissent-elles… D'autant plus qu'elles rejoignent vaguement ce que nous ont livré Wiener puis Coureau.

— Plus prosaïquement, ne serait-il pas sous le charme d'Anne-Flore de Kermeur ? N'y aurait-il pas une sorte de folie communicative engendrée par cette femme… ou par la guerre, tous les protagonistes de ces drames sont acteurs ou enfants de la guerre…

— C'est la thèse de Rosanno.

— Oui, mais, même pressée de questions, Madame Ripeyroux n'a rien lâché !

— Hélas…

Ils observèrent quelques secondes de silence. Le greffier frappa à la porte et introduisit l'inspecteur, qui récapitula sommairement la situation.

— En fait, termina-t-il, après n'avoir rien eu à nous mettre sous la dent, nous avons surabondance de mets !

— Inspecteur, dit le juge, est-ce que vous privilégiez une explication ?

— Pas pour l'instant, car je crois nécessaire de dissiper tous les malentendus, toutes les équivoques, et j'espère que cette confrontation me permettra de recueillir les dernières informations qui me manquent encore pour confondre les coupables.

— Continuons à marcher prudemment : dans cette histoire, trop d'hypothèses nous sont apparues contradictoires pour que nous courions droit au but.

Briand se tut. Puis Messieurs Coureau, Wiener et Du Quério se firent annoncer. Anne-Flore de Kermeur arriva en même temps que le maire de Plouarguen et s'assit à côté de lui. Lorsque tous eurent pris place, le juge se leva et alla s'adosser à la baie qui ouvrait sur des toits gris, tristes. Son regard s'attarda un instant sur la jeune femme, assise bien droite, digne, mais marquée. Malgré tout ce qui les séparait, le juge, en cet instant précis, éprouva pour Mademoiselle de Kermeur un sentiment qui dépassait la sympathie et qu'il n'avait pas le temps d'analyser, mais qui ressemblait au respect.

— Mademoiselle, Messieurs, commença-t-il enfin, vous n'ignorez pas que trois d'entre vous ont donné des événements qui nous rassemblent ici des versions différentes. Une première hypothèse fait état d'une dramatique « chasse au trésor ». La seconde met en branle les ressorts de l'affection et de la vengeance. La dernière se plaît à souligner tout ce qui relève du surnaturel, présent de toute façon dans cette affaire. Afin de tout clarifier, je demanderai aux tenants de chaque théorie de bien vouloir encore une fois les exposer : nulle approximation ne doit subsister.

Le commandant Wiener se leva et prit la parole. Son récit terminé, il se tourna vers l'inspecteur :

— Je crois que ces faits vous permettent d'expliquer les disparitions des marins et, ainsi, rend vraisemblable votre raisonnement.

— Effectivement : pourquoi ne pas croire que deux actions meurtrières, indépendantes l'une de l'autre, se succédèrent dans le temps : d'abord la résurgence de ces faits de résistance, ensuite la vengeance personnelle de Madame Ripeyroux, qui, comme je vais avoir l'honneur de le réexposer, se servit des premiers crimes pour accomplir son forfait.

Lorsqu'il se tut, Wiener reprit la parole :

— Tout cela se tient. Le meurtre de mon épouse n'aurait donc rien à voir avec ceux qui furent sous mes ordres… Oserais-je vous dire combien savoir cela me soulage ?

— En revanche, la famille Ripeyroux ne vous aura pas épargné…

Le ton du Procureur surprit par la légère ironie dont il s'était teinté. Étienne Coureau eut l'impression que le magistrat allait tenter de dresser les participants à ce conclave les unes contre les autres. Il y a des méthodes plus originales, pensa-t-il, agacé.

Le commandant allait répondre, mais le Procureur donna la parole à Monsieur Du Quério. Celui-ci se leva, très professoral, et commença sa démonstration qu'il émaillait d'exemples et de citations. Il en termina :

— Donc, tout cela me pousse à demeurer convaincu de la véracité du récit de Mademoiselle De Kermeur, qui malgré son aspect fantastique éclaire cette histoire d'un jour cohérent. Les corps vus sur l'île par Mademoiselle ne pouvaient qu'être ceux des marins du *Goéland* et de l'*Andréa* attirés dans de semblables conditions dans ce lieu mauvais, ce double où fusionnent l'espace et le temps, le bien et le mal, le…

Le procureur le coupa, agacé :

— Enfin, pourquoi ne pas croire ce qu'avance l'inspecteur : que Mademoiselle De Kermeur imagina tout cela sous l'effet d'une puissante drogue ?

— Et la coïncidence des plans ? La croyez-vous fortuite ?

— Allons, Mademoiselle, vous avez pu la créer pour que l'on croie en vos élucubrations !

— Je vous interdis de mettre ma parole en doute ! Vous me prêtez une imagination que je n'ai pas. Si vous croyiez un peu aux forces spirituelles, vous envisageriez que le puisse avoir dit la vérité.

— Il m'est impossible de vous suivre sur ce terrain. Vous avez, sur la foi de ce récit, proclamé votre innocence. D'autres, ensuite, ont démontré qu'elle était probable. Alors, de grâce, cessez vos plaisanteries lugubres !

— Ce sont les travaux de Monsieur Du Quério que vous traitez de « plaisanteries » ?

— Entre étudier les légendes liées au druidisme et affirmer que celles-ci sont toujours parmi nous, il y a un pas que je me refuse à franchir !

Cette discussion provoqua un silence glacial. Un sentiment de malaise gagna peu à peu l'assemblée. Le juge toussota :

— Monsieur Du Quério nous a parlé d'un texte : peut-être serait-il judicieux que nous en prenions connaissance avant de juger quoi que ce soit ?

Le maire se redressa et sortit un dossier de sa sacoche.

— En effet, car ce texte éclaire bien des aspects troubles de cette affaire. D'origine sûrement celtique, il nous est parvenu grâce aux premiers pasteurs qui évangélisèrent l'Armor. Mais, avant de le lire, je voudrais vous rappeler que de semblables faits se sont produits trois fois : en 1667, 1881 et aujourd'hui, en 1956.

Il s'éclaircit la vois avant de commencer sa lecture :

*« Il viendra à Cnamfochl des années sans*
*moissons,*
*Il y aura de grands combats,*
*Les fils de Cnam se dresseront contre les fils de*
*Cnam,*
*Deux prêtresses viendront s'immoler,*
*Il y aura six morts que six morts réclameront...*
*La mer envahira les îles au Nord du Monde*
*Et au sacrifice du septième d'un des fils de Cnam*
*Des temps purs reviendront,*
*Les enfants deviendront de loyaux guerriers.*
*Je sais que trois fois dans le temps*
*Ceux de Cnamfochl imploreront et prieront... »*

Monsieur Du Quério continua sa lecture, décrivant les tourments, les naufrages, les tempêtes, les guerres, et la Rédemption après un sacrifice. Il précisa que le texte comportait de nombreux manques, un parchemin ancien avait été détruit, on ne savait pas si le texte comportait une suite ou non. Ce qu'il lisait était tout ce qu'il avait pu transcrire. Il termina :

— Il faut préciser que Cnamfochl était l'ancien nom de Plouarguen, et Cnam un roi des Osismii, probablement le fondateur de la tribu. Vous avouerez, Messieurs, que cette prédiction ne peut laisser indifférent…

— Tout cela est troublant, avoua l'inspecteur.

— D'autant plus, fit Wiener, que cette prophétie non seulement correspond au récit de Mademoiselle De Kermeur : les deux jeunes femmes qui se sacrifient, les six morts, l'île sans apparence réelle, le raz-de-marée… Et en plus, elle prédit les événements de l'Occupation : la guerre, les maquisards dressés les uns contre les autres par l'appât du gain, la traitrise de certains…

Le Procureur éleva la voix :

— Allons, Commandant, je vous croyais plus réaliste ! Comment expliquez-vous l'errance du *Narval,* l'assassinat de votre épouse, et la perte de conscience de Mademoiselle ?

Les regards convergèrent vers Anne-Flore, dont les yeux gris soutinrent l'assaut.

— J'ai beaucoup réfléchi à cela, Monsieur. Seule ou avec Messieurs Du Quério et Coureau.

Après avoir échafaudé de multiples hypothèses, certaines fantaisistes, nous sommes parvenus à une conclusion qui a le mérite de réconcilier l'imaginaire et le réel.

« L'île, je l'ai vue, j'y ai vécu. Je ne reviendrai pas sur son existence, même si son apparition relève de l'irrationnel. Mais j'aimerais rappeler un trait de caractère de Maëlle. Elle était très impulsive, il lui arrivait d'agir sans contrôle, notamment dans la colère ou la simple contrariété, et de se livrer alors à des agissements qu'elle regrettait peu après…

Monsieur Wiener approuva en baissant la tête :

— Oui, elle était si colère que parfois elle s'oubliait, devenait comme prise de folie…

Anne-Flore reprit :

— Personne ici n'ignore que nos nerfs avaient été mis à rude épreuve dès notre arrivée dans cette île inconnue et hostile. Nous nous sommes disputées, vous le savez, et je me suis laissé aller à la violenter. Afin de me calmer, je suis allée marcher dans l'île. Quand je suis revenue au port, mon voilier avait disparu.

— Que s'était-il passé ?

— Je pense que, cédant à la rage quasi enfantine qui devait l'habiter, Maëlle a mis en marche le moteur que je venais de réparer, ce qui explique que le *Narval* ait été retrouvé voiles amenées. Et elle s'est éloignée de l'île, sans doute pour me faire peur, dans un besoin puéril de se venger. Mais le *Narval,* même marchant au moteur, est un navire difficile. Or, le vent s'était levé, soit hors de l'univers où était inscrite l'île, soit sur tout l'océan, puisque mes sens en déroute assimilèrent la mer à un raz-de-marée. Pourquoi alors ne pas considérer qu'une lame a pu la précipiter dans les flots ? En ce qui me concerne, affolée, terrorisée par ce que je venais de vivre dans les profondeurs de l'île, je pense que je me suis jetée à l'eau, mais, vraiment, je ne sais rien de l'amnésie diabolique qui a fondu sur moi à ce moment…

Un silence stupéfait accueillit cette déclaration. Tous, même le Procureur, sentirent que, d'une manière ou d'une autre, envisagé sous cet angle, le récit halluciné d'Anne-Flore devenait possible. L'inspecteur reprit :

— Une question cependant. Madame Wiener et vous êtes parties le 7 mars, et, selon vos déclarations, vous êtes arrivées sur l'île à cette même date. C'est donc le 8 que vous avez eu cette altercation avec votre amie ?

— Logiquement, oui.

— Mais, dans votre récit, vous avez déclaré être restée plus de deux jours sur l'île.

— Je n'ai pas dit cela : j'ai raconté avoir eu le sentiment que les nuits et les jours étaient plus courts là-bas, ce n'est pas la même chose.

— Très bien.

Étienne Coureau, qui était resté silencieux jusqu'alors, se contentant de prendre quelques notes, réclama la parole :

— Je pense, mes amis, que chacune de ces versions des mêmes crimes est la bonne…

Il fut interrompu par un concert de protestations.

— De grâce, laissez-moi finir. Oui, ces trois explications sont parfaitement plausibles ! Mais lequel d'entre vous prendra le risque de trancher entre ces trois hypothèses ? Pour ma part, je pense que le plus sage serait de retenir de chaque version ce qui semble indiscutable et de fusionner ces éléments.

— Que voulez-vous dire, au juste ? questionna le juge Briand.

— Simplement, je souhaite que nous fassions une synthèse de tout ce qui nous a été proposé aujourd'hui.

— Je vois, fit l'inspecteur. Selon vous, les trois démonstrations contiennent chacune une part de vérité, mais pas toute la vérité ? J'y avais déjà songé en remarquant combien le récit du Commandant Wiener et le mien se juxtaposaient correctement… Reste, toutefois, à faire rentrer dans ce cadre l'épisode de l'île. À la vérité, cela me paraît un exercice pour le moins délicat.

— Absolument pas, si nous considérons valable chaque théorie : ainsi, inspecteur, le meurtre de Maëlle n'a pu se dérouler autrement que de la façon dont vous l'avez décrit.

— Mais alors… risqua Anne-Flore.

Le détective feignit de ne pas l'entendre et poursuivit :

— De même que les faits exposés par Monsieur Wiener expliquent très bien les disparitions des marins.

— Nous ne nous serions donc trompés que sur les noms ?

— Sur cela. Et aussi, Rosanno, vous avez négligé le hasard et vous avez voulu oublier le surnaturel. Suivez-moi bien…

## II.

Étienne poursuivit :

— Imaginons un individu de Plouarguen qui aurait été informé soit par son appartenance à la Résistance, soit parce que sa position le lui permettait, de la disparition de l'argent destiné aux maquis. Cet individu va faire des recherches. Peut-être n'est-il pas le seul, mais il s'avère le plus têtu. Cependant, ces investigations, il lui faut les mener discrètement : cela prend du temps.

« Ainsi, il apprend que les Kerouer et les Guilloux étaient membres des réseaux clandestins et obéissaient aux ordres d'un officier de Londres. Or, ceux-ci ou des comparses doivent savoir ce qu'est devenu le fric. L'idée d'un plan machiavélique germe alors dans l'esprit de notre suspect, car, s'il veut l'argent, il lui faut faire bouger les choses, provoquer un événement.

« Il apprend qu'en 1881 deux petits chalutiers ont disparu, ainsi qu'une barque de pêche. Il comprend aussitôt le parti qu'il peut tirer de ces six morts du passé : si de pareils événements se réitèrent, le village, qui n'a pas oublié, prendra peur. Mais si les victimes sont seulement d'anciens maquisards, ceux-ci ne manqueront pas de comprendre le message. Et ceux qui cachent l'argent se dénonceront par erreur ou par panique.

« De plus, cet individu pratique une activité qui lui permet d'arraisonner les navires sans être autrement soupçonnable.

L'inspecteur ouvrit la bouche, mais Étienne lui fit signe de patienter et continua :

— Pour tuer, il compte sur la surprise et sur sa force… et aussi sur le fait que personne n'a jamais pu stopper une balle de revolver ! Toujours est-il qu'il frappe en premier le *Goéland* qu'il aborde peu après son départ, à la nuit tombante. Il se fait reconnaître, monte à bord, tue ses occupants, leste les corps, les noie, bloque la barre vers le large, active les machines. Ainsi, le chalutier ne sera pas retrouvé avant plusieurs jours. J'ajoute que son activité nocturne lui permet de passer une partie de la nuit à nettoyer toutes les traces de ses forfaits. Ainsi, personne au village ne songera à faire un rapprochement entre ce personnage et ces drames, puisque les navires furent retrouvés bien après ses nuits d'absence.

« Ensuite, en utilisant les mêmes méthodes, il s'attaque à l'*Andréa*. Mais, défaillance mécanique ou négligence, le bateau ne part pas loin vers le large et est vite retrouvé. Cela n'empêche pas l'angoisse de s'installer parmi ceux qui savent, les langes se délient, les soupçons planent. Bientôt, notre individu, qui étudie, qui recoupe, saura.

« Venons-en maintenant à la mort de Maëlle Wiener.

« Pour que les faits collent parfaitement à ceux de 1881, il fat que non seulement ils se déroulent onze années après la fin d'un conflit franco-allemand — notre assassin est patient, le jeu en vaut la chandelle — mais aussi qu'il y ait six victimes. Plus on remarquera l'analogie entre 1881 et 1956, plus ceux qui ignorent les vrais mobiles de ces crimes y verront la résurgence d'un horrible passé.

« Toutefois, cet individu n'est guère pressé de commettre un sixième forfait : les esprits, à ce qu'il lui semble, sont suffisamment échauffés. Seul le hasard lui procurera une occasion qu'il ne pouvait négliger. Il part un soir en mer, non pour tuer, mais pour vaquer à ses occupations. Jusqu'au moment où il aperçoit sur l'océan le *Narval* en difficulté avec Maëlle à son bord, quittant l'île que lui ne peut voir, pour donner des frayeurs à sa compagne, mais ayant bien l'intention de rapidement rebrousser chemin.

« C'est compter sans le criminel qui comprend vite le parti qu'il peut tirer de cette situation. Il aborde le voilier sans problème, d'autant plus que la jeune femme le connaît et ne se méfie pas. Plus encore, sans doute un peu dépassée par la difficulté des manœuvres, accueille-t-elle son aide avec satisfaction. Une fois à bord du *Narval,* comme nous l'a raconté l'inspecteur, il la tue. Bagarre, mort accidentelle, ou assassinat pur et simple. Ensuite, il procède comme auparavant : le cadavre est lesté puis noyé, la barre bloquée, les machines en route. Il a sa sixième victime. Quant au sort de Mademoiselle de Kermeur, il est loin de se douter ce qu'elle vit dans cette île que la brume lui cache. Comme il n'a pas vu partir le voilier, il pense qu'elle est restée à Plouarguen.

« Tout va donc pour le mieux en ce qui le concerne. Jamais, maintenant, on ne le soupçonnera d'aller enfin récupérer l'argent qu'il a caché en 1944 après l'avoir dérobé et tué les deux hommes chargés de le convoyer.

— Pardon ? Que voulez-vous dire ? Que l'assassin a lui-même dérobé l'argent ? C'est absurde !

— Pas du tout, Monsieur le Juge. En effet, je vous ai sciemment induits en erreur au début de ce récit afin de vous représenter les choses comme vous les voyez tous ici : ces crimes ne peuvent être que le fait d'un individu qui cherche à faire peur pour savoir où est le magot.

« Mais en fait, ils sont l'œuvre d'un assassin qui a tué pour que l'on ne puisse songer à lui lorsqu'il ira rechercher l'argent qu'il a caché si longtemps.

« Nous nous trouvons en présence d'un individu qui a effectué un savant montage. Mieux, pour continuer à brouiller les pistes, après avoir récupéré le magot, il incendie les « Trois Mâts », afin que l'on découvre non seulement la crypte où devaient avoir lieu les sacrifices humains perpétrés par les druides Osismii, mais surtout les corps de deux résistants assassinés par ses soins en 1944. J'ajouterai que je suis certain que c'est là qu'il a caché le fric. Et c'est sa grande subtilité : irait-on soupçonner un voleur doublé d'un tueur de livrer aux autorités, à ses concitoyens, à ses anciens compagnons de guerre, les preuves mêmes du forfait accompli ? En plus, livrer à tous cet antre satanique lui permettait de croire que certains enquêteurs se seraient penchés sur le passé du village. De là à déduire que certains habitants de Plouarguen, exaltés ou encore dégénérés, perpétraient durant l'Occupation des crimes rituels, notre individu sait que cela se produira, le climat ayant été fortement entaché de superstitions durant cette période. Même le Curé s'y est laissé prendre…

« En conclusion, Mademoiselle, Messieurs, je dirais que pour la première fois de ma carrière, je viens de rencontrer un octuple meurtrier par précaution…

Le détective passa à deux ou trois reprises la main sur son front d'un geste las. Très pâle, le visage lui aussi presque défait, le Procureur se redressa :

— Bravo, Monsieur. Mais il subsiste quelques points obscurs. Par exemple, est-ce que les crimes se sont déroulés comme vous nous les avez décrits ?

— J'en suis intimement convaincu. Seul mon postulat de départ était faux.

— Tout de même… vous ne trouvez pas tout cela bien audacieux ?

— Non, si l'on considère l'enjeu.

— Bien. Autre chose : si le meurtrier a assassiné Maëlle, n'était-ce pas pour que le meurtre de l'épouse du Commandant Wiener marque la fin de cette série de crimes ?

— Savait-il qu'elle était sa femme ? Il pouvait ignorer le mariage de Monsieur Wiener. Un nom, soit dit en passant, qui n'est pas très rare. Il avait bien sûr dû remarquer l'analogie des patronymes, cela ne pouvait le desservir. Mais je suis persuadé que seul le hasard lui a fait rencontrer le *Narval* ce soir-là.

— Encore autre chose : vous fixez le départ de Plouarguen du criminel à la nuit tombée. Dans ce cas, comment expliquez-vous que le navire de celui-ci ait pu rattraper l'*Andréa* et le *Goéland* en partant plusieurs heures après eux ?

Étienne Coureau se tourna vers le commandant :

— Monsieur, je crois qu'en 1942 vous avez fait construire des barques de pêche semblables à celles des pêcheurs locaux, mais capables de rivaliser en vitesse avec une vedette, même de la dépasser afin de surprendre les gardes-côtes ?

— En effet, il en fut aménagé quatre. Deux furent détruites au cours de combats, une troisième sombra corps et biens, et la dernière, qui transportait l'argent, disparut.

— Vous n'en avez trouvé trace nulle part jusqu'au jour…

— Je la pensais sabordée. Jugez de ma surprise lorsque je la découvris amarrée dans le port de Plouarguen, certes bien camouflée, repeinte, différemment gréée, mais pour moi, et moi seul, reconnaissable.

— Vous avez pu savoir qui en était le propriétaire ?

— Oui. Elle appartient à un de mes anciens compagnons, un homme audacieux, subtil et ambitieux, trop d'ailleurs : Hervé Lepenner, le patron de l'hôtel des Vagues.

## III.

Le juge Briand releva la tête du buvard où il finissait de signer quelques papiers, puis rendit à l'inspecteur Rosanno un mandat d'amener, disant :

— Vous pensez pouvoir arriver à Plouarguen avant minuit ?

— J'espère. Mon adjoint conduit vite…

Après avoir salué le juge, il sortit. Quelques instants auparavant, il avait été précédé par Monsieur Du Quério et Mademoiselle De Kermeur, une Anne-Flore au visage moins triste, c'était comme si sur sa peau livide les quelques couleurs revenues traduisaient le bien-être de celle qui se savait désormais crue et délivrée d'une chape d'alarmes.

— Commandant, fit le Procureur, avant de me retirer, j'aimerais avoir une précision de votre part : lorsque, tout à l'heure, vous avez prononcé le nom de ce Lepenner, votre ton semblait indiquer que la chose allait de soi. Pourquoi ?

— Depuis ce misérable vol, il faisait partie de ceux que je soupçonnais. Manquant de preuves formelles, il va sans dire que je préférais garder cela par-devers moi…

— Attendons toutefois les aveux du suspect…

Le Procureur sortit, l'air pas vraiment convaincu.

Le juge alla alors s'asseoir auprès d'Étienne Coureau :

— Dites-nous donc un peu, mon ami, comment vous êtes arrivé à de telles conclusions.

— Chronologiquement, grâce à de petits riens. Tout d'abord, lorsqu'un vieux marin me raconta les drames survenus en 1881, Lepenner a feint de n'y voir que les élucubrations d'un vieux gâteux alcoolique. C'était comme s'il souhaitait que je me désintéresse de son histoire alors qu'avec ma couverture de "journaliste", il savait que je chercherai dans ce sens, sûrement au détriment d'autres directions. Je crois que cette manigance est très révélatrice de la psychologie du personnage. Ensuite, j'étais au courant de certaines attitudes pour le moins équivoques, un peu comme s'il se construisait un masque : il m'orientait trop volontiers vers les Kerouer ou les Guilloux, espionnait Madame Ripeyroux, tenait des discours contradictoires à ses concitoyens, avait l'oreille du curé, s'y connaissait en histoire locale. Mais le fait qu'il allait pêcher de nuit me le rendit vraiment suspect : qui pouvait relater ses faits et gestes lors de ces pêches nocturnes ? Enfin, lorsque j'ai appris ce vol et ces faits de Résistance, je me suis souvenu qu'il avait acheté l'hôtel des Vagues en novembre 1945…

— Autrement dit, il ne se serait servi de l'argent qu'une seule fois depuis la paix ? Cela paraît surprenant.

— Pour nous, qui raisonnons normalement, oui. Mais n'oublions pas le contexte. À la fin de la guerre, les esprits étaient assez échauffés…

— Délicat euphémisme…

— Tout à fait, l'utilisation immédiate de cette somme aurait attiré l'attention. La mort d'un vague cousin, en réalité pauvre comme Job, mais dont il a dit avoir reçu un petit pécule lui a permis de faire passer la pilule. Lepenner est sûrement un maniaque de la prudence, la preuve en est qu'il a monté un scénario mortel par simple précaution.

— Mais il aurait pu fuir le village !

— Là, il aurait signé son forfait. Considérez aussi les liens qui unissent les habitants de Plouarguen et qui remontent à la nuit des temps. En évoquant les Osismii, leurs rites, leurs superstitions, Monsieur Du Quério a levé une partie du voile.

— Justement ! À ce propos, vous êtes vraiment sûr que l'existence de cette île entre dans votre démonstration ?

— Elle seule rend plausible ce qui nous demeurait incompréhensible. Vous avouerais-je que j'ai longuement hésité avant de croire à la probabilité d'un tel fait ? Maintenant, moi, qui suis plutôt rationnel, je sens qu'il me faut admettre certaines choses... Mais ne me demandez pas pourquoi ni comment cette île a réapparu, je serais bien incapable de vous l'expliquer.

Monsieur Wiener intervint :

— Et n'oublions pas ce poème lu par le maire : il présente des similitudes si troublantes avec les faits passés et présents que je...

Il s'interrompit, l'air songeur. Le juge reprit :

— Revenons à nos investigations, Coureau. Nous en étions à l'achat de l'hôtel des Vagues par Lepenner.

— En effet. Donc, il justifie cet achat par un petit héritage. Cela ne trouble personne, et le train de vie du couple et l'embellissement de l'hôtel sont mis par la population sur le compte de fructueuses affaires. En plus, ce qui le pare d'une autorité morale, notre bonhomme devient conseiller municipal, la troisième personnalité de Plouarguen après le maire et le curé. Cela lui permet de distiller du venin dans les esprits afin de, déjà, commencer à se couvrir. Sa science des légendes lui permet de laisser entendre que, peut-être, certains auraient perpétré des abominations pour conjurer les fatalités d'une guerre... Ainsi, même si l'on retrouve les cadavres qu'il a très bien dissimulés dans la crypte souterraine, on mettra cela sur le compte de sacrifices humains tels que les pratiquaient les anciens...

— Comment expliquez-vous, alors, ce subit besoin de se disculper, cette volonté de rentrer en possession des fruits de son vol ?

— J'y vois plusieurs raisons. D'abord, la concordance des dates : 1870 et 1881, 1945 et 1956, n'y revenons pas. Ensuite, la volonté normale, après onze années de patience, de profiter de ses gains mal acquis en se "couvrant" par le meurtre.

— Tout de même... Cela semble assez léger pour amener un individu à commettre six assassinats... Ou alors, cet homme est fou...

— N'oubliez pas, intervint Wiener, que je pense n'avoir jamais connu individu aussi âpre au gain que Lepenner. Mais il subsiste une question, Coureau : selon votre récit, il est avéré que cette ordure croisa le chemin de ma femme le soir du huit mars. Comment, alors, expliquez-vous la présence de cette barque de pêche lancée à la poursuite du *Narval* le soir du sept, qu'a aperçue Monsieur le Curé ?

— Très simplement, Commandant, très simplement. Le curé, qui n'est plus tout jeune, se réfère plus facilement en guise de calendrier à la succession dans le temps des fêtes de saints qu'à son agenda. Or, le calendrier ecclésiastique est variable. Pas pour les saints, qui ont leurs jours fixes, mais pour les fêtes comme Pâques, il est variable. Pâques tombe le dimanche qui suit la première pleine lune du printemps. La Mi-Carême tombe au vingtième des quarante jours du jeûne avant Pâques. Cette année, ce fut le 8 Mars, et cette fête est les autres années celle de la Saint Jean de Dieu, une fête importante, il s'agit d'un saint guérisseur, patron des malades, que les alcooliques invoquent pour se guérir, et le curé lui a rendu hommage le sept, mais dans son esprit cette fête avait toujours été le huit. D'où l'erreur commise par ce brave homme, qui, au demeurant, s'est trompé sur l'heure de départ de Lepenner : ce n'est pas une silhouette inconnue qu'il a vue à la barre, mais plutôt quelqu'un qu'il ne voyait que très rarement aux commandes d'un bateau, puisque notre homme partait le soir…

— Vous voulez dire que Lepenner n'a pas poursuivi le *Narval ?*

— Exactement. Le curé a vu le voilier, a fait ses dévotions, dit sa messe, ensuite il a écrit à Monsieur Du Quério, et ensuite seulement il a regardé par la fenêtre et vu Lepenner, du coup il a relié les deux faits.

Le juge se leva :

— Et, à propos de calendrier, qu'est devenu celui que Mademoiselle de Kermeur a, selon ses dires, emporté de l'île ?

— Ne vous a-t-elle pas déclaré l'avoir perdu lors de son bain forcé ?

— Oh, oui, j'avais oublié… »

Était-ce par un oubli que se résolvait cette mystérieuse affaire ?

# IV.

Le jour baissait déjà lorsqu'il partit, les nuages glissant au ras des falaises, s'accrochant parfois aux toits des masures qui disparaissaient épisodiquement dans de fines nappes d'une brume allongée comme une flaque d'eau. Une sorte de mousse diamantée par le mélange des premiers rayons de lune et des derniers reflets d'un soleil phtisique surmontait les plus hautes vagues, s'épaississant d'écume blanche qu'allaient progressivement noircir les frondaisons du travail des ténèbres qui s'étendaient.

L'obscurité devint bien vite totale. À présent, la nuit commençait à s'éclairer à la limite de l'horizon de rais blanchâtres dont les contours flous rasaient l'océan comme la morsure d'une gangrène mange la peau.

Sur le pont de la barque, l'homme avala une grande goulée de lambig puis se dirigea vers la barre qu'il avait bloquée. Il jura sourdement : le navire poursuivait son cap, comme si un puissant courant ou un être immatériel maintenait la direction du gouvernail. Il comprit.

*« (...)Et au sacrifice du septième d'un des*
*fils de Cnam*
*Des temps purs reviendront (...)*

Il connaissait la "Légende de Cnamfochl"
dans son intégralité. Il serait donc le septième.

Soudainement, il se crut la proie d'une
hallucination. Des bandes compactes d'oiseaux,
comme des volées de mitraille lancées en plein
vol, passaient en criant au-dessus de la barque en
agitant l'air de frémissements, des oiseaux
comme il n'en avait jamais vu, aux plumes d'une
pâleur de limbe, aux becs éclairés par l'or
d'éclairs d'orages, et, en levant son visage vers
eux, se yeux virent se découper faiblement au ras
de la mer, suintante des orbes blafards levés avec
cette aube inaccoutumée, les rivages suspendus
au-dessus des eaux d'une langue de terre
lointaine, sorte d'aérolithe venu de l'espace ou du
temps, nimbé de brume, et dont les contours
incertains lui paraissaient maintenant
inexorablement avancer à sa rencontre.

Une masse de nuages sombres enveloppa la
petite embarcation d'un halo si dense qu'il sentit
fondre sur lui un sentiment de solitude aussi
intense que la mort. Dans cette livide couleur
d'os, il sentit le bateau s'ébrouer paresseusement,
l'étrave écarter, dans un silence total, les flots
confondus avec la masse cotonneuse. Il aurait
voulu descendre dans l'entrepont de la barque

mettre en route le moteur pour fuir la brume lunaire qui l'emprisonnait, mais une peur diffuse l'immobilisait. Pétrifié, rivé au pont de cette barque commandée par ces puissances qui avaient décidé de son sort, il sentit les larmes couler sur ses joues, il essaya de crier, un vague gémissement sortait de sa bouche. Rien en lui ne bougeait, l'air était immobile, d'un calme putride de léproserie.

# V.

Tout comme le *Goéland,* l'*Andréa* et le *Narval,* la barque de pêche *Le Ponant,* propriété d'Hervé Lepenner, fut retrouvée vide, dérivant loin de son port d'attache. Il n'y avait aucune trace de son barreur.

Lorsque furent rendues publiques les conclusions auxquelles était parvenu Étienne Coureau, l'opinion fut convaincue que le propriétaire de l'hôtel des Vagues, sur le point d'être arrêté et de devoir rendre compte de ses actes, avait mis fin à ses jours.

Que l'on n'ait jamais retrouvé la trace de l'argent de la Résistance ne fut pas révélé au grand public. Toutefois, ce fait revint aux oreilles de certains des pêcheurs de Plouarguen qui virent là de quoi asseoir leur intime conviction : que, comme en 1881, une île maléfique, enfant de l'Enfer, avait ravi sept des leurs à la vie terrestre. Mais le dernier payait son forfait, l'île était sans doute rassasiée. Du moins, il fallait le croire.

Anne-Flore de Kermeur se suicida le huit mars 1957.

# Table des matières

### *Autres ouvrages de Micheline Cumant :*

- *Monsieur Barbotin, Maître en Musique – Ou les tribulations d'un génie méconnu.*

Sous le règle de Louis XV, naît un garçon nommé Barbotin, enfant gâté par ses parents et qui rêve de gloire : musique, théâtre, opéra, rien ne résiste à sa veine créatrice... sauf les musiciens et le public ! Se prenant pour un génie méconnu, il parvient à la célébrité... comme dindon de la farce ! Ses prétentions le font choisir comme cible de plaisanteries, et aussi de mises en scène, d'un groupe de pseudo-amis qui ne reculent devant rien pour se distraire aux dépens du malheureux musicien.

168 pages, BoD, décembre 2012.

- *Le Réveillon de Socrate.*

Dans un petit immeuble parisien vivent des professeurs, un écrivain, un homme d'affaires, un étudiant, une retraitée, un officier de police, des commerçants et la gardienne qui connaît tout le monde et voit tout.

Mais, un beau jour, un crime est commis dans la maison. Et il y a Socrate, le chat de la narratrice, qui a tout entendu... C'est évident, les chats savent toujours tout !

148 pages, BoD, avril 2013, 2/août 2018.

- *Le Prince et ses Bouffons.*

David est professeur de piano. Il a la vie de tout le monde, les soucis de tout un chacun, avec un petit plus : la musique. Un jour, il rencontre un Prince qui lui fait entrevoir une autre dimension de son art, de sa vie et même de lui-même. Il fait connaissance de toute une galerie de personnages qui vivent et pensent autrement, gardant soigneusement au-dehors les contingences sociales et les bouleversements politiques, ou alors les traitant avec humour. Au centre de ce cénacle, il y a le Prince russe, étalant sa foi, sa richesse, son amour pour l'art et

distribuant son amitié comme ses chèques à qui montre qu'il a quelque chose en lui… Mais peut-on jouer du Liszt, a-t-on le droit de montrer sa foi en l'art entre deux courriers administratifs et au milieu de circonstances dramatiques ? Et l'amitié peut-elle rester intacte malgré tout …
308 pages, BoD, octobre 2013

### - *Je m'ennuie…*

S'ennuyer… concerne tout le monde et toutes les époques ! Que l'on soit une artiste peintre, une comptable, un chevalier du Moyen-âge, la Comtesse du Barry, une vache, un soldat en 1940 ou la Tour Eiffel, nous sommes tous confrontés à ce vilain parasite que constitue l'ennui. Cette série de nouvelles décrit des personnages qui ont tous en commun de s'ennuyer dans une vie monotone et grise et que cet ennui pousse à agir d'une façon… logique ou non, selon les circonstances personnelles et historiques. Même les vaches et les pianos peuvent le dire !
142 pages, BoD, novembre 2015.

### - *L'Ombre descendit sur le jardin.*

Sonia a quinze ans, l'âge où l'on se découvre, mais aussi où l'on se sent responsable et où l'on se culpabilise de ne pouvoir changer le monde. Au moment où des sentiments s'éveillent en elle, elle voit sa sœur aînée, qui a toujours été pour elle un soutien, un modèle, sombrer dans une déchéance dont elle ne comprend pas tout de suite la cause. Seule, Sonia est seule à pouvoir affronter la réalité, ne sachant à qui ou à quoi attribuer la responsabilité de ce malheur.
132 pages, BoD, juin 2016.

### - *Les Eaux Profanées.*

L'histoire commence dans les temps reculés où régnaient les génies de la terre et des eaux. Le géant Eochaid a indiqué aux compagnons du roi Habis un emplacement pour bâtir leur ville. En échange, ils devront respecter la fontaine sacrée.

De nos jours, à Angers, un homme disparaît, on découvre une source souterraine… Étienne en cherche la raison, mais s'agit-il d'une banale nappe d'eau, ou de la source sacrée qui lui vaudra la vengeance du géant réveillé du fond des âges ? A-t-il rêvé, ou les légendes continuent-elles à vivre parmi nous ?

108 pages, BoD, juillet 2016.

## - *La Mort dans les Cromlechs.*

Le Superintendent Quint-William Rockwell, de Scotland Yard, espérait bien passer quelques semaines de vacances dans sa maison du Wiltshire, tout près des alignements d'Avebury. Mais on découvre un cadavre… puis un meurtre est commis… Il semble que l'on ait observé un rituel macabre… Et tout tourne autour d'une jeune cavalière dont il semble qu'elle n'ait laissé personne indifférent. La police locale, désarmée, finit par solliciter l'aide de l'homme de Scotland Yard qui, prenant conseil de son vieil ami, l'ancien magistrat Seamus Casey-Wynford, s'emploie à reconstituer les faits, mais aussi les ressorts psychologiques qui ont pu amener quelqu'un à devenir une sorte d'ange exterminateur. Fin musicien, le Superintendent Rockwell démonte, examine les actes et les caractères comme s'il analysait une fugue de Bach, mais tout en conservant la sensibilité d'une œuvre de Chopin…

240 pages, BoD, août 2016.

## - *Le Mort de la Fontaine Romaine*

Le Superintendent Quint-William Rockwell comptait bien passer un séjour agréable à Rome avec son amie Alicia, violoniste. Rendant visite à son homologue italien le Commissario Capo Guido Panella, il se retrouve invité à collaborer à une enquête lorsqu'un cadavre fait son apparition… puis un autre... Il a aussitôt l'impression que les événements et les personnages rencontrés sortent à la fois d'une comédie de Goldoni et d'une pièce de Shakespeare : d'un scientifique surdoué suisse, austère, à un Italien exubérant et touche-à-tout, de la parfaite secrétaire anglaise à un couple de commerçants chinois, sans oublier deux jeunes Anglais champions aux jeux vidéo. Le policier anglais, fin musicien, démonte les ressorts de l'affaire comme s'il analysait une fugue de Bach, mais en met en lumière les aspects psychologiques avec la maestria d'un opéra de Verdi…

408 pages, BoD, janvier 2020.

### - *Nestor, un cheval dans la Grande Armée.*

« Et nous, les petits, les obscurs, les sans-grades… » Ainsi débute la tirade du vieux grognard Flambeau, dans la pièce « L'Aiglon » d'Edmond Rostand.

Dans la Grande Armée de Napoléon Ier, il y a les hommes, mais il y a aussi les chevaux. Eux qui pendant des siècles ont porté les hommes à la guerre, et à qui on n'a jamais rien demandé, ne sont-ils pas aussi des « obscurs et sans-grades » ? La parole est donnée au cheval Nestor, qui rejoignit l'armée impériale au lendemain d'Austerlitz et participa à l'aventure de la Grande Armée jusqu'à Waterloo. En compagnie de son cavalier, le simple soldat Henri Fourneau, il va suivre Napoléon dans sa conquête de l'Europe, dans la retraite de Russie, et affrontera la coalition des alliés au cours de la bataille qui mettra fin au Premier Empire.

« Nos chevaux, ce sont nos jambes », dit le cavalier. Loin des spéculations politiques, des stratégies militaires, des luttes de pouvoir, les soldats, pour beaucoup arrachés au monde paysan, souvent illettrés, soignent leurs chevaux qu'ils considèrent comme leurs amis, et cherchent à tirer de petits profits. Avancer, se battre, tuer… La guerre, c'est leur métier, celui du soldat et celui du cheval.

276 pages, BoD, juillet 2017.

*- Je joue du violon et je déteste les gares.*

Marie-Agnès est une jeune violoniste, premier prix du conservatoire, qui entame une carrière de musicienne d'orchestre. Nous sommes en 1974, et elle est une femme, elle a ses sentiments, ses inclinations, ses coups de cœur, et la vie d'artiste n'est pas de tout repos ! Elle doit composer entre son violon, ses amours, et l'aspect matériel de la vie, il faut bien la gagner !

Contrainte de quitter Paris, elle se retrouve chez un ami en Espagne, puis dans le Midi de la France, puis dans le Centre, à rencontrer toutes sortes de personnages hommes et femmes. Elle court à la fois après sa carrière et après l'âme sœur. Elle est confrontée à la médiocrité, à la petitesse, à la souffrance des autres, à la méchanceté, mais elle cherche à traiter ces événements avec humour.

Et nous sommes en 1974, la pilule est autorisée depuis peu, et Madame Simone Veil présente la loi sur l'Interruption Volontaire de Grossesse. Marie-Agnès, qui ne s'intéresse pas à la politique, comprend qu'elle fait partie de la génération qui voit ces changements, qu'elle vit une époque qui décide de l'avenir des femmes.

Mais elle cherche aussi « sa moitié d'orange », un autre, un double, qui acceptera qu'elle le partage avec son violon…

274 pages, BoD, avril 2018.

*Retrouvez les ouvrages de Micheline Cumant sur www.bod.fr et sur www.babelio.com*

*Retrouvez Micheline Cumant sur son blog : michelinecumant.blogspot.fr*

*Retrouvez les compositions et arrangements musicaux de Micheline Cumant sur : utmineur.jimdofree.com*